中国现代小说经典文库

洪灵菲 （上）

主编：黄勇

汕头大学出版社

图书在版编目(CIP)数据

中国现代小说经典文库. 洪灵菲：全 2 册 / 黄勇主编.—汕头：汕头大学出版社，2014.3(2016.4 重印)

ISBN 978-7-5658-1209-5

Ⅰ.①中… Ⅱ.①黄… Ⅲ.①小说集-中国-现代 Ⅳ.①I246

中国版本图书馆 CIP 数据核字(2014)第 032055 号

洪灵菲

HONGLINGFEI

总 策 划：赵　坚
主　　编：黄勇
责任编辑：宋倩倩
责任技编：黄东生
装帧设计：袁　野
出版发行：汕头大学出版社
　　　　　广东省汕头市汕头大学内　邮编：515063
电　　话：0754-82904613
印　　刷：北京富达印务有限公司
开　　本：695mm×940mm　1/16
印　　张：20
字　　数：240 千字
版　　次：2014 年 3 月第 1 版
印　　次：2016 年 4 月第 2 次印刷
定　　价：59.60 元
ISBN 978-7-5658-1209-5

发行/广州发行中心　通讯邮购地址/广州市越秀区水荫路 56 号 3 栋 9A 室　邮编/510075
电话/020-37613848　传真/020-37637050

前　言

前　言

在早期的普罗文学流派中，能与蒋光慈、华汉鼎足而立，并拥有自己特异风格的作家是洪灵菲（1901—1933）。

洪灵菲原名洪伦修，1901 年出生于广东省潮安县，早年就读于广东高等师范学校，人誉"岭南才子"。1924 年洪灵菲加入中国共产党，大革命失败后，遭国民党当局两次通缉，被迫流亡香港、新加坡和暹罗（今泰国）。后回上海参加革命工作，组织文学团体"我们社"，创办《我们月刊》。1930 年参与发起"左联"，担任常委并负责左翼文化总同盟的主要工作。1933 年在北平因叛徒出卖，被国民党政府秘密杀害，年仅 30 余岁。

在作家短促的创作生涯中，洪灵菲以内审的艺术眼光观照自我形象的各个层面，特别是情感与理性的冲突，创作出《前线》、《流亡》、《转变》、《大海》等优秀中篇作品和短篇集《归家》、《气力的出卖者》等。作品多以革命斗争为题材，表现青年知识分子在革命运动中的思想、生活与情爱。《前线》是洪灵菲早期创作的代表作，它反映了革命知识分子在大革命高潮中的心灵激变。作者采取了"革命＋恋爱"的模式，试图证明"革命的意义在谋人类的解放；恋爱的意义在求两性的谐和，两者都一样有不死的真价！"由于小说在情人谈心，革命党演说和种种的心理描写中堆砌了大量的革命词句，爱情纠葛也显得过分地突兀生硬，因此作品掉进了"革命＋恋爱"的窠臼。但作者毕竟在时代的漩涡中捕捉到了自我分裂的人性，真实描绘出以个人主义追求自我实现的必然失败，而只有超越狭隘的自我，走向革命运动的广阔天地时，个人才能实现其在社会中的真正价值。在随后的创作中，洪灵菲相应地作了一些调整，开始跳出一味的革命浪漫谛克的漩涡。《流亡》是洪灵菲的成名作，也是一部带有强烈自叙传色彩的作品。它抒写了一个被放逐的叛逆的灵魂，一个在社会专制和家庭礼教合围中痛苦上进的革命青年的真实感受。作品也以"革命＋恋爱"为主题，虽然行文率直而略嫌粗糙，间杂的粤语和英语不事剪裁而显得芜杂，但浓郁的情感在突奔中融进作者真切的人生体验，于激情中标示出作者现实主义的革命立场，因而基本确立了洪灵菲所特有的艺术风格。在洪灵菲文学创作的晚期，作家的艺术视角逐渐转向外射，描写社会现实的风云突变，于峻急中不失委婉，热烈中融入了粗犷的精神。作品以独特的人物性格来显示历史的壮阔进程，洪灵菲逐步找到了自身艺术个性的深厚坚实的立足点。

洪灵菲的文学创作受早期普罗文学风气和郁达夫文风的影响，并逐步形成了自己独特的艺术风格。他同样具有不可忽视的艺术潜力，但还未及成熟便过早地死掉了。这不能不说是现代文学史上的遗憾。

本书收录了洪灵菲各个时期的小说代表作，有助于读者对这位热诚的革命作家加以全面的了解。

目　录

前　线

一

1926 年，一个夏天的晚上，被称为赤都的 C 城，大东路路上，在不甚明亮的电灯光下，有一些黑土壤和马粪发出来的臭味。在那些臭味中混杂着一阵从 K 党中央党部门首的茂密的杂树里面透出来的樟树香气。霍之远刚从一个朋友家中喝了几杯酒，吃了晚饭出来，便独自个人在这儿走着。他脸上为酒气所激动，把平时的幽沉的，灰白的表情罩住。他生得还不俗气，一双英锐的俊眼，一个广阔的额，配着丰隆的鼻，尖而微椭的下颏。身材不高不矮，虽不见得肥胖；但从他行路时挺胸阔走的姿态看来，可断定他的体格还不坏。他的年纪约莫是廿三四岁的样子，举动还很带着些稚气。

他是 S 大学的正科三年级学生，（自然是个挂名的学生，因为他近来从未曾到课堂上课去），一向是在研究文学的。他本来很浪漫，很颓废，是一个死的极端羡慕者。可是，近来他也干起革命来，不过他对于革命的见解很特别，他要把革命去消除他的悲哀，正如他把酒和女人、文艺去消除他的悲哀一样。他对于人生充分的怀疑，但不至于厌倦；对于生命有一种不可调解的憎怨，但很刻苦地去寻求着它的消灭的方法。他曾把酒杯和女人做他的对象去实行他的慢性自杀；但结果只令他害了一场心脏病，没有死得成功。现在，他依然强健起来，他不得不重寻它的消灭的对象；于是，他便选中革命这件事业了。

在他四周围的朋友都以为他现在是变成乐观的了，是变成积极的了；他们都为他庆幸，为他的生命得到一个新的决裂口而庆幸。他实在也有点才干，中英文都很不坏，口才很好，做事很热心，很负责任。所以在一班热心干革命的人们看起来，也还觉得他是个不可多得的同志。因此之故，他的确干下了不少革命事业；并且因此认识黄克业，K党部中央党部的执行委员。得他的介绍，他居然也做起中央党部里面的一个重要职员来。他还是住在S大学里面。吃饭却是在黄克业家中搭吃的。今晚，他正是从黄克业家中，喝了几杯酒，吃了晚饭走到街上来的。

"苍茫渐觉水云凉，夜半亢歌警百方；怕有鱼龙知我在，船头点取女儿香！"……他忽然挺直腰子，像戏台上的须生一样的，把他自己几天前在珠江江面游荡着吟成的这首诗拉长声音的念着。他的眼睛里满包着两颗热泪，在这微醺后的夏晚，对着几盏疏灯，一街夜色，他觉得有无限的感慨。

"这首诗做得还不错，正是何等悲歌慷慨！唉！珠江江面啊，充满着诗的幻象，音乐的协调，图画的灵妙，软和的陶醉的美的珠江江面啊，多谢你，你给我这么深刻生动的灵感！"他感叹着，珠江江面的艇女的丽影，在流荡的水面上浮动着的歌声，在夜痕里映跃着的江景，都在他的脑上闪现。

"一个幻象的追逐者，一个美的寻求者！啊！啊！"他大声的叫喊着，直至街上的行人把他们惊怪的目光都集中盯视在他的脸上时，他才些微觉得有点 Shyness，觉得有点太放纵了。

他把脸上的笑容敛住，即刻扮出一段庄严，把望着他的人们复仇似地各各报以一眼，冷然的，傲岸的，不屑的神气的一眼。以后，他便觉得愉快，他觉得那些路人都在他自己的目光中折服着，败走了。他满着胜利的愉快。至在这种胜利的愉快的感觉中，S 大学便赫然在他的面前出现了。

S 大学是前清贡院的旧址，后来改作两广优级师范，后来，又改作广东高等师范，再后改作广东大学，直至现在才把他改称 S 大学。S 大学的建筑物和两广优级师范时候丝毫没有改变；灰黑色的两座东西座教室，大钟楼，军乐楼，宿舍——这些都是古旧的洋式建筑物。图书馆，算是例外，它在去年脱去它的缁衣，重新粉上一层浅黄色的墙面。前清时大僚宴会的明远楼大僚住居的至公堂，举子考验的几间湫隘矮小的场屋都保留着，在形成这大学的五光十色，并表示占据着两朝几代的历史的光荣。C 城的民气一向是很浮夸的，喜新厌旧的；这大学的竭力保存旧物，便是寓着挽救颓风于万一的深意。

他踏进 S 大学门口时，银灰色的天宇，褐黑色的广场，缁衣色的古旧的建筑物都令他十分感动。他觉得森严，虚阔，古致，雄浑，沉幽，他一向觉得在这校里做学生足以傲视一切，今晚他特别为这种自信心所激动。校道两旁是两列剪齐的 Shmb，在教室的门首有两株棕榈树，大钟楼旁边杂植着桃树，李树；教室与图书馆中间的旷地，有千百株绿叶繁荫的梅树。在图书馆对面有一条铺石的大道，大道两旁整列着枝干参天的木棉树。他嗅着草木的香气，一路走向宿舍去。宿舍在图书馆后面，门前也有两株棕榈树；不一会儿便到了。

宿舍的建筑是个正四方形，四层楼中留旷地，形似回字。宿舍里面可容一千人。在这回字的中间，有几株枝干耸出四层楼以上，与云相接的玉兰树。清香披拂，最能安慰学生们幽梦的寂寞。

宿舍的号房是个麻面而好性气的四十余岁的人和另一个光滑头，善弹二弦，唱几句京调的老人家。霍之远时常是和他们说笑的。这时候，他刚踏进门口，他们便朝着他说："霍先生！"他含笑向着他们轻轻点着头，和易而不失威严地走上宿舍二楼，向东北隅的那一间他住着的房里去。

这房纵横有三丈宽广，仅住着他和一个名叫陈尸人的。陈尸人是个猫声，猴面，而好出风头的人。他虽瘦弱得可怜，但他仍然是个"无会不到，无稿不投！"的努力分子。霍之远一向很看不起他，但这学期他因为贪这房子清爽宽阔，陈尸人有住居这室的优先权，他便向他联络一下，搬到这儿来住。

和他四年同居，堪称莫逆的几位朋友；罗爱静，郭从武，林小悍是住在同座楼北向第廿号房的。他走到自己的房里不到五分钟后便走到廿号房去找他们。当他走到廿号房时，房门锁着，房里面的电灯冷然地照着几只 Empty Chair；帐纹的黑影懒然地投在楼板上。这一瞬间，他觉得有点寂寞了。

他呆然地在廿号房门口立了一会，玉兰的茂密的叶荫成一团团的黑影，轻幻地，荡动地在他的襟上抚摸着。远远地听到冷水管喷水的渐渐的声音，混和着一两声凄沉幽扬的琴声。他吐了几口气，张大着双眼，耸耸着肩，心中说一声"讨厌！"便走向自己的房里去了。

过了一会，他觉得周身了无气力，胸口上有一层沉沉的压逼。陈尸人正在草着《教育救国沦》，死气沉沉浸满他的无表情而可憎的面孔上。他望着霍之远一眼，用着病猫一般的微弱的声音说着："Mr. 霍！今晚不到街上去吗？"

他不待得到回答，已经把他的两只近视眼低低地放在他的论文上了。

"无聊之极！游河去罢！"他心中一动，精神即时焕发起来。他面上有一层微笑罩着，全身的骨节都觉得舒畅了。

他即时换着一套漂亮的西装，西装的第一个钮孔里挂上一个职员证章。戴上草帽，对镜望了一会，觉得这副脸孔，还不致太讨女人家的厌。他心中一乐，嗤的一声笑出来。

"名誉也有了，金钱也有了，青春依旧是我的呢！"他对着镜里微笑的影赞叹着。

"老陈，唔出街吗？"

他照例地对着陈尸人哼了这一句，便走出门口来，一口气地跑到珠江岸去。

C州最繁盛的地方要算长堤，最绮丽不过的藏香窝，要算珠江河面。长堤是障着珠江的一条马路，各大公司，各大客栈，妓院，酒馆都荟萃于此；车龙马水，笙歌彻夜。珠江河面有蛋家妹累万，水上歌妓盈千。她们的血肉之躯发出来的柔声怨调，媚态娇鼙，造成整个江景的美和神秘。

S大学距离这儿，不过一箭之遥，霍之远从校里摇摇摆摆地走来，一会儿便到了。

在岸边的柳荫下黑压压地站着成群结阵的蛋家妹。她们都是为生活所压逼，习惯所驱使，先天所传授的在操着荡舟兼卖浮的生活。她们穿着美丽的衣衫，大都踏着拖鞋；肌肉很结实，皮肤很壮健，姿态很率直，不害羞，矫健，婉转，俏丽。身体在摇摆着，口里在喊着："游河啊——游……河……啊……蔼……游……河……

啊……"声音非常凄婉，悲媚，带着生涯苦楚的哀音的挑拨肉欲的淫荡的苦调。

之远到这 C 城来的起始四年，一步都不敢来到这种地方。他惯在酒家，茶室消遣他的无聊的岁月。他也曾和他的朋友们在热闹场中叫过三几次歌妓；但并不至于沉湎。本年暑假期内，他因为没有回家。便开始和他的几个朋友来这水而游荡过几次。他们因此在这河面上认识一个蛋家妹（或者可以称为艇女，不过称她做蛋家妹是 C 城人的习惯语）。这蛋家妹姓张名金娇，年约二十一二岁，有一双迷人的媚眼，像音乐一样的声音，一个小小的樱桃嘴，笑时十分美丽，他们都被她迷住。感情和他最浓密的要算霍之远。霍之远今晚所以觉得非游河不可的，也正为的是在挂念着她。

霍之远这时像一位王子似地走过这群艇女身旁，一直跑到张金娇的花艇的所在地去。他给许多荡舟的妇人们认识了，她们都知道这位王子的情人便是张金娇。她们一见他走近前面时便高声喊着："金娇啊！你好人来找你咯！"

一声呖呖的娇声应着，一个穿着黑纱衣裳，身材娇小的俊俏的少女的笑脸在他的面前闪现。这少女站在船头，很高兴地，很觉得光荣似地在向他招呼。这时候，他已由岸上的一个妇人招呼他坐上小舟荡到她的面前了。

他拿了二角钱给那妇人后，便踏上金娇的船上去。金娇很卖气力地把他扶住，他面上一阵热，心头一阵愉快，便随她走向船里面去。

船里面布置得很华丽，供着一瓶莲花，一瓶蝶形的白色的花。幽香迷魂，秀色入骨。他一走进来，她便为他脱鞋，脱去外衣，外裤，问着长，道着短。他痴迷迷地尽倚在她的身上。

她的假母名叫陆婶的，年约四十余岁，是个八分似男人，二分似女人的婆婆，很殷勤地问着他几句，便故意地避到隔船去了。她的小弟弟，一个彻夜咳嗽，瘦得像个小骷髅似地小家伙，也很知趣的随着他的妈妈走开。她的姊姊，是一个十分淫荡而两颊红得像熟透的苹果身材有些臃肿的二十四五岁样子的女人，这时候已和她的姘客荡"沙艇"去了。这船里面只剩下他们俩。

"乜你的面红红地，今晚饮左酒系唔系啊？（为什么你的脸儿红红的，今晚是不是饮过酒的啊？）"金娇媚声问，她一面在泡着"菊井茶"给他喝。

"系咯！我今晚系饮左几杯酒！真爽咯！你睇，我而家——（是的，我今晚喝过几杯酒。真快乐啊！你看！我现在——）他说着，把他的热热的脸亲着她的颊，冷不妨地便把她抱过来接了一个长吻。

"你睇！我而家醉咯！"他继续说着，脸上溢现着一阵稚气的笑，头左摇一下，右摇一下，像一个小孩子一般的神气。

"你要顾住嗜！饮咁多酒会饮坏你嗜！（你要小心些！喝酒太多，怕把你的身体弄坏了！）她很开心似地说着。……

她把船的后面的窗和前面的门都紧紧地掩住；窥着镜，弄着一回鬓发；望着他只是笑。她的笑是美的，是具着无限引诱性的，刺激性的，挑拨性的，但仍然是无罪的。她的态度是这样的活泼，自然，柔媚。在灯光下，珠饰琳琅的小台畔，和发香，肉香，混杂着的花香中，他陶醉着。

"我咕今晚唔撞到你，慌住你俾你的佬拉去咯！（我以为今晚不能会见你，怕你给你的姘客带去!"他戏谑着说，从她的背后搂抱着她。

"啐！（读 Choy）你真系！我——唉！"她赌着气说，把笑容敛住，作欲哭出来的样子。"我知道你今晚紧来，我由食饭块阵时等你等到而家！我真系唔想同渠的随便行埋咯！（我知道你今晚一定来，吃晚饭时我便在这儿等候你，一直等到这个时候！我真不愿意随便和第二个男人在一处玩的啊！"

"咁咩？哎哟！真系唔对得你住咯！（这样么？哎哟！真对你不住了！）"他说着，抚着她的柔发，加紧地把她搂抱着。这时候，他已是失了主宰，再也不能够离开她了。

她依旧地笑着，忽然地把她的外衣，外裤脱去，身上只穿着一件淡红色的衫衣，一件薄薄的短纱裤，很慵倦似地，吸息幽微地抱着他，略合上眼仰卧下去。他觉得一阵昏迷，乘着酒意把她搂抱着并且要求她把衣裤脱光！她把眼睛朝着邻船望，示意不肯。他即刻把他的脸部掩藏在她的胸上，作出很怕羞的样子。她笑着说："咁大块仔，重怕丑咩？（这么大的儿子，还怕羞么）？"

过了一会儿，他摸她的下体和他自己的下体都湿了一片，觉得更加羞涩。她只是笑着，迷魂夺魄的笑着。他心中觉得很苦，表面上只得和着她机械似的笑着。

二

第二天，晚上，霍之远在 S 大学宿舍里面他自己的房里教他的几个学习英文的学生。学生里面一个是女性，年约十八九岁，是个神经质而有些心脏病的少女，剪发，穿着淡灰色的女学生制服，面部秀润，有含情含怨的双眼，容易羞红的双颊；中等身材。她很喜欢研究文学，情感很丰富。她的名字叫林妙婵，厦门人，新从厦门女校毕业到 C 城来升学的。她父亲是黄克业的朋友，故此，现时便在黄克业家中住宿。霍之远因为天天都在黄克业家中和她一处吃饭，因此便和她认识。她和霍之远在黄克业家中第一天相见便觉得有点不平常，几天后她便把她的身世告诉他，觉得有些依依恋恋了。因为要使他们相见和谈心的机会多，她便要求他教她读英文。

其余的两个学生都是男性；一个名叫黄志锐，矮身材，大脸膛，两眼圆大有神，年约十六岁，是黄克业的弟弟。另外一个名叫麦克扬，瘦长身材，脸孔些微漂亮，年约二十岁，和林妙婵结拜为兄弟。这一次才和霍之远认识。因为他的妹妹坚持要到霍之远那里学习英文，所以他便只得和她取一致行动。

论起英文程度来，麦克扬的最高，妙婵和志锐的都差得太远。他们都预备考进 S 大学；学习的英文课本是商务印书馆出版的 English Progressive Reader 第四册。霍之远很机械的教着他们，他的心老是在注意林妙婵的一举一动。他的眼和她的眼时时在无意间相遇，彼此都涨红着脸，觉得有些不好意思。麦克扬是最苦的了，他的脸色青一阵，红一阵，老在考察他们的举动。黄志锐，心无外物，算是最忠实他的功课的了。

其实，麦克扬这时候是误会的；因为霍之远是一个很尊重人家的爱情的人。他的心是这样想：林妙婵既和麦克扬是一对情人，只要他们的阵脚扎得紧，我霍之远决不肯轻易做个闯入者。但麦克扬也不是无的放矢，他见林妙婵和霍之远那种亲热的态度的确有点令他难耐了。

还有一点足以证明麦克扬的爱人的地位已经动摇的是现在每晚送她回到寓所去的不是麦克扬而是霍之远。这一点的确令霍之远有点不安；但林妙婵是太倾向他的了，这真令他觉得没有办法？

这时候，功课已经完了。大约是九点多钟了，麦克扬托故先走。林妙婵和黄志锐硬要霍之远带他们到街上散散步。

林妙婵和霍之远在街上走动时，时常不自觉的挤在一处，说不出那一个是主动，那一个是被动。但霍之远已经是个有妻子的人，他觉得去和一个少女太亲近是不合适的，所以在可能的范围内，他总想极力的避开她。不过处女的肉是有弹性的，有电气的，他尽管怎样的想避开她，结果他和她两人间的身体终是不间断的在摩擦的。他感到一种挟逼，一种不能换气的快感。

她显然向他取一种进攻的形势。她在灯光照不到的街上的阴影中时时伸着手去挽着他的手。这种恩赐使他全身像通了电，像在梦中一样的愉快。照他的解释以为这种握手是文明人所视为最平常的事；但他很不容易看见她和第二人有这种亲密的举动。他于是感到骄傲了。但他不想做她的爱人，他只希望做她的朋友。他虽然活了这么多岁了，还是未曾和一个女人恋爱成功过。故此，他对这件事，切实觉得有点害怕。但是，他的所谓朋友，和人们所谓爱人，其间究竟有什么差异的地方，这连他自己亦有些觉得模糊。

他们由这条街跑过那条街，一列列的铺户，一盏盏的街灯，许多车马人物在他们面前很快的闪过；后来他们开始地由兴味中感到疲倦，便想回去，时候已是晚上十点多钟了。

照例地，他送她归到寓所去，回来便一个人在疏星、夜风的街上走动着。他开始地想起他对金娇今晚是失约的了。

他和张金娇约着今晚同到电戏院看电戏，现在已经是来不及了。这时候还是回学校里睡觉去好呢？还是到金娇那里陪罪去好呢？他在打算着：

"金娇到底是个狐媚的妓女，我不应当和她胡混到彻底，我一向不是很同情这班操卖肉生涯的无罪的羔羊吗？不是在痛恨那班嫖客吗？可是我现在的行动和一般的嫖客有什么差异呢？唉！我真是堕落的了！本来，我的初意不过是在领略一些珠江的风光，那里想会和那些艇女在干着那些无耻的勾当！啊！昨夜的情境真是危险！啊！啊！千钧一发，险些儿陷落到深坑里面去了！"

他似乎是决定了，决定从今晚起，以后不再到金娇那边去了。他便一直跑向学校去。当他跑到 S 大学门首时，他才知道现在已经来不及了，学校门已经是关锁着，不能进去。他迟疑了一会，心中觉得异常不快。

"学校真可恶！"他喃喃地自语着。

过了一会，他觉得没有办法。只得走向金娇那个地方去。他心中不住地这样想着："再去那儿多宿一晚去，大概是不要紧的。我立意不和她闹，大概危险是没有的！她实在也是很可怜，她一定在那儿等候我一晚，我应当到她那儿去安慰她几句才是！"

他不再踌躇了，足步如飞的，不一会便走到金娇的艇上去。她今晚在他的眼中越发觉得美丽。他一见到她周身便觉得乏力，软软地倒在她的怀中了。她不大将他责只说些等候得不耐烦一类的说话。

她的姊姊回来一刻，瞟着他只是笑。她称呼他做她的妹夫。霍之远把她手上一捻，她便滚到他的怀里来。她生得还不错，异样妖淫而有刺激性。但霍之远已为她的妹妹的贞静的表情所诱惑，对她这种过分妖荡的献媚觉得有些讨厌。她也很知趣，纠缠了不到几分钟，便走到邻船去寻她的姘客去了。

陆婶和她的儿子和昨晚一样的都招呼他一会便避开。他觉得惶惑不安！但她的自然而美丽的颜容，像音乐一样的声音令他即时感到快乐。

"番够呀，我而家好倦！（睡觉罢！我现在很疲倦！）"霍之远说，朝着她睡下去。

她把她全身的衣服脱下来，露出雪白的两臂；胸襦也脱去了，只剩下贴肉的背心。因此灯光下可以看见她那隆起而令人陶醉的酥胸。她的下体，只遮着一件很薄的短裤，她的肉也似乎隐隐地可以看见。她望他一眼，打了个呵欠，朝着他睡下。

霍之远，无论如何再也睡不下去了。他非常兴奋，他张眼把她一望，全身的血都沸着了！她显然是赌着气在睡着，睡态美丽得可怜！他全身觉得痒痒，筋肉涨热着。他觉得头上有点昏眩，双眼再也合不上来。他把他的大腿盘在她的大腿上，他的搐搦着的身体挤在她的身体上。她朦胧间向他望着一眼；只是笑。在这一瞬间，她的媚眼告诉着他，他应该做的一切，他喘着气，眼睛里燃烧着欲火。他横起心来，不再思想什么了。

他把她咬了一口，发狂似地压在她的身上。以后的事他便完全忘记了。过了一点钟以后他开始地痛悔着，脸上满着忏悔的泪痕。

天未亮时，他抱着她痛哭了一会，对着她发誓他以后再也不到这里来了。但当她为他拭干眼泪，软语安慰着他时，他跪在她的面前，脸色青白，吻着她的一丝不挂的足尖，觉得像恶梦似的这一幕，再也不能挽回了。

三

霍之远和林妙婵日来愈加亲热起来了。他每日除开在中央党部办了七点钟的工作以外，便和林妙婵紧紧地混在一处。也许是，他的心灵得了安托，现在他作梦的脸上时常有点笑容。他的行为再也不放荡的了。他听从她的劝告，酒也不喝了，烟也不吸了，金娇那儿也绝对不去了。他觉得很骇异，他的几个老友罗爱静，郭从武，林小悍一个个都很有学问，很能够说话的，总治不好他的恶习惯；她的软弱的命令竟有了这样的力量。

他对她很坦白，他把他自己所以堕落和颓废的原因和她解释得很明白。她很怜惜他！当他把最近和张金娇的 Romance，用忏悔的声口向着她诉说时：她羞红着脸，很同情的说："你是上她的当了！"

她说这句话时，令他非常感动，有点想哭的样子。……

麦克扬现在可说是完全失败的了；他很伤感，对于爱人所应尽的责任很放弃。他现在差不多见到霍之远和林妙婵在一处玩时，便托故走开了。他们现在对于英文这一科，教者和读者都很浪漫，很随便；以后渐渐把这种艰涩的研究时间改作谈话会了。这种谈话会以后也不大开，以后只成为霍之远和林妙婵的对话会，情话会了！

霍之远天天碰见罗爱静，郭从武，林小悍几个老友；他们时常向着他半警告，半羡慕的说：

"老霍，你顾住嗜！你就来跟 Miss 林恋爱起来咯！呢等野真坏蛋，一世都想住女人！咁！我的同你话，你以后唔准同渠行埋一堆！迟吓，迟吓，你又同渠老够（读 Roukou）起来咯！（老霍！你要小心些！你差不多跟 Miss 林恋爱起来了！你这东西真坏，一生都在想着女人！这样，我们对你说，以后不准你和她一处玩！逐渐，逐渐，你又和她会干起坏勾当来了）"

霍之远对着他们分辩说："你的真系可恶！咁样乱闹我都得慨？我同渠行埋有几天，你的就乱车廿四！（你们这班人真可恼，这样子胡乱骂我都可以吗？我和她认识还没有几天，你们便这样的瞎吹牛！）"

但，霍之远虽然口里和他们这么争辩，心里确实觉得有点靠不住。他开始地觉得有点害怕！他这样的想着：

"我是有了老婆和儿子的人了！虽然我和我的老婆并没有爱情存在过，但事实上她仍然是我的老婆！倘若我和 Miss 林真个恋爱起来，这件事体真不好办！唉！糟糕！我永远是个弱者！我因为不忍和父母决裂便给他们拿去讨媳妇！因为忍不住看我的老婆在守活寡便和她合办，创造出一个儿子来！因为忍受不住和一个旧情人决绝，但又没有法子和她亲近；她从那个时候病了，我从那个时候沉湎一至而今！唉！糟糕，我本来已经是冰冷极的了！是荒凉极的了！此刻偏又遇见她，可怜的 Miss 林！唉！她对我的那样柔情缱绻，我那里有力量去拒绝她！和她恋爱下去吧！我对不住我的老婆，对不住我的直至而今眼泪尚为伊洗的旧情人！不和她恋爱么？我又那里有那样的力量？唉！可怜的我，在社会上终于不至弄到一团糟不止的我！"

他想到这里，一颗热泪不提防地迸出眼眶，心上觉得一阵阵悲痛。

他的旧情人名叫林病卿，是林小悍的胞妹。她现在已经有了丈夫了；她的丈夫名叫章红情，也是霍之远的好友。他和她在西历 1920 年便开始恋爱起来了。但那时候，他故乡的风气还很闭塞，男女社交还未公开。爱情的发生只在各人的胸腹里潜滋密渍，并没有可以寻出它的说话的机会来。霍之远和林病卿的相恋，除他俩自己外，旁人都不知道！不！便连他俩亦有些"两相思，两不知"的样子！

他们这头风流孽债在霍之远为他的父母说媳妇这年（西历1923）才开始以一种悲剧的形式爆裂出来。

霍之远的旧乡在石龙，那年夏天 C 城 S 大学（那时候学校的名称仍是 C 城高等师范）放暑假，他抱着怀乡病的热情回到他的旧乡去了。他的年老而顽固的父母，坚决地要把他和一个未曾谋面过的村女结婚，他极力的反对。他因为家中不便居住，所以藏匿着在林病卿的家中。

那时候，他害着神经衰弱症；日里哭泣，夜里失眠。林病卿虽然直至这时还不曾和他说过情话；但她的那种密脉的眼波，那种含着无限哀怨慈怜的少女的眼波已经很明了的告诉他一切。

他当时一则怵于他的慈母为这件事伤心病危的消息，一则以为林病卿对他的爱，或许是他自己神经病的幻觉；所以最终他坦然地走到他的十字架上去。

过了一月，他辞别了他的新夫人到林病卿家中找她的哥哥预备一同到 C 城 S 大学上课去。那天，天气还热，她的庭子里的荷花在晨风中舒着懒腰，架上的牵牛高高地在遮着日影。他和她初见面时，脸上各有一阵红热，各把各的头低下。

过了一会，她坐在牵牛藤下的一只小凳上，手支着颐，手踝放在大腿上。她的美丽的脸庞有些灰白了，眼睛里有一种对圣的处女的光辉，但这些光辉是表示一种不可挽回的失望，一种深沉渺远的哀怨。她的眼波和霍之远的颓丧的，灰白的，沉默的，有泪痕的瞳子里照射出来的光时常在不期然中相遇；两人脸上都因此显出死灭一般的凄寂！

林病卿的母亲站立在庭子的走廊上，她的哥哥，嫂嫂和几个女友都在庭子里朝着霍之远说笑。最后，病卿的母亲向着之远说："你的嫂夫人合你的意么？听说她是很美丽的！你的母亲上几天到这里来对我们说你很爱她呢！好极了！好极了！恭贺你！恭贺你！明年暑假，请你带她到来我们这边玩好吗？"

霍之远听了这几句说话，觉得正如刀刺，不知怎样回答。当他偷眼望着病卿时，他才明白现在他和病卿的关系了！这时，病卿满面泪痕，忽然哇然地，吐出一口鲜血来，即时人事不省的倒下地面去！庭子里登时大乱。他只觉得鼻子里酸酸的，眼睛里天旋地转，胸口一团团闷，脑上漆黑昏迷。朦胧间，他觉得似乎走到病卿身上朝着她昏倒下去，以后便像在梦中一样记不起来了。

过两天后，他从医院中清醒，才渐渐地明白着过去的一切。病卿的事，人家不许他知道，不许他问及。他自己亦感到不便。直到他回到 C 城上课两个月以后，他才从人家那里听到病卿的病，已经稍有起色了！

他以后也还见过她几次，每次她都哭泣着走避。直至去年，她才嫁给之远的朋友章红情；夫妇间听说并不和睦。

霍之远所以颓废，堕落，悲观，许多人都说他是因为这回故事；他的剧烈的心脏病，听说也是因此致起的。

但，过去的等于过去。他现在只在祝望章红情和林病卿的感情逐日进步。因为他们都是他的好友。他自己没有幸福，他觉得那是不要紧的；但他不愿他的朋友们也和他一样薄命！

这回，可是又轮到他的不幸了。他觉得他渐渐地没有力量去拒绝林妙婵给他的那种热情了。他觉得已冷的心炉给她扇热！已经没有波浪的心湖给她搅动！他的默淡的，荒凉的，颓废的，自绝于人世的，孤寂的心，是给她抓住了！他虽然觉得有点生机，但他仍然有些不愿意！因为他是习惯于寂寞的人，习惯于被恶命运践踏的人，对于"幸福"之来，心上委实觉得有点不安！而且，他很明白，他要是和她真的恋爱起来，至少又要再演一次悲剧！他战栗着，颤抖着，幽咽着！但他究竟是个弱者，他那里能够拒绝一个青春美貌的姑娘的热爱呢！

这晚，他和林妙婵在"C 州革命同志会"里而坐谈着。"C 州革命同志会"的会址在 CT 里一号，一座洋楼的楼下；主持的人物是黄克业和霍之远。麦克扬和黄志锐都住在会里面的，这时候，他们都到街上去了。会里面只剩下着他们两人。

她拿着一封信，一面和霍之远谈话，一面在浏览着。

"是那个人写给你的信？"霍之远问，双眼盯视着她的灼热的面庞。

"我不告诉你！"她羞红着脸说，忽然地把她手里的信收藏着了。同时，她望着他一眼，微笑着，态度非常亲密。

"告诉我，不要紧吧！"霍之远用着很不关重要的神态说。

"给你看吧！这儿……"她说着把信笺抽出来给他一瞥，便又藏起，很得意地笑着。

当他从她的手里抢着她的信时，她即刻走开，从厅上跑到卧房里面去。她一路还是笑着，把信封持在手上喊着说："来！来拿！在这儿！……"

他跟着她跑入卧房里去。她没有地方躲避，只得走上卧榻上去，把帐帷即刻放下，吃吃的在笑着。

他站在帐帷外，觉得昏乱，但舍不得离开她；便用着微颤的手掀开帐帷向着她说："好好的给我看吧！你这小鬼子！"

"你自己拿去吧！哪！在这里！"她喘着气说，指着她怀里的衣袋。这时，她只穿着一件淡红色的衫衣，酥醉芬馥的胸部富有刺激性，令他十分迷惑。……

当他把她的信儿从她的怀里拿到手上时，他们俩的脸都涨红着。那封信是她的未婚夫蔡炜煌寄给她的。她已经有了未婚夫这回事，霍之远算是今晚才知道！他并不觉得失望，因为他实在没有占据她的野心。

林妙婵倒觉得十分羞涩，她说她不喜欢她的未婚夫，他们的婚约是由他们的父母片面缔结的。她说，她对于婚姻的事件现在已觉得绝望；但愿结交一个很好的，心弦合拍的朋友去填补她的缺陷。最后，她用着乞求的，可怜的声调半含羞半带颤地说：

"远哥！便请你做我的这么样的一个朋友吧！"

倏然地，迸涌的，不可忍住的泪泉来到霍之远的眼眶里。他的脸为同情所激动而变白，他用着一种最诚恳地，最柔和的声音说："婵妹！好吧！你如不弃，我愿意做你的永远的好友！"

他俩这时都十分感动，四只眼睛灼热的对看一会；微笑的，愉快的表情渐渐来到他们的脸上。

他们，最后，手挽着手地走出会所来，在毗邻的一片大草原的夜色里散步。这大草原很荒广，有一个低低的小山，有些茂密的树林，在疏星不明的夜色下，觉得这儿一堆黑影，那儿一堆黑影，十分森严可怖。他俩挤得紧紧的，肉贴肉的走动着。一种羞涩的，甜蜜的，迷醉的，混乱的狂欢的情调，把他们紧紧地缚住。倏然间，她把她手指上的一只戒指拿开，套上他的手指上，用着一种混乱的声口说："哥哥！我爱！这件薄物给你收起，做我俩交情的纪念！"

他是过度的被感动了！他的心跳跃着，惶惑着；极端的欢乐，混杂着极端的痛苦。他轻轻地拿着她的手去摸按着他的甜得作痛的心。作梦似的说："妹妹，我爱！我很惭愧，没有什么东西赠给你；赠给你的只有我的荒凉的，破碎的心！"

他在哭着，她也在哭着；两人的哭声在夜色中混成一片。

四

这日，霍之远在中央党部×部里面办公。这×部的部长姓张，名叫平民，年约五十岁，但他的头发和胡子都苍白了，看起来倒像是六七十岁的样子。他的两眼灼灼有光，胡子作戟状，苍白色的脸，时常闪耀着一种壮烈之光；这种表情令人一见便会确信他是在预备着为党国，为民众的利益而牺牲的。

×部部里的秘书是黄克业，矮身材，年约三十岁。面色憔黄，眼睛时时闪转着，一见便知道他是个深沉的，有机谋的了不得的人物。他每日工作十余小时，像一架器械似的工作着。他显然为工作的疲劳所压损；但他只是拉长的，不间断的工作着，好像不知"休息"是怎么一回事！

霍之远坐在一只办公台之前，燃着一只香烟在吸着。办公室内的空气异样紧张。电风扇在转动着的声音，钢笔着纸的声音，各职员在工作间的吸息的声音，很匆促的混成一片。霍之远的案头除开主义一类的书外，还放着一部黄仲则的《两当轩全集》，一部纳兰的《饮水词》。这在他自己看来，至少觉得有些闲情别致。

他是个把革命事业看作饶有艺术兴味的人，但当他第一天进到部里办事时，他的这个想法便完全给现实打破了。他第一天便想辞职，但怕人家笑骂他不能耐苦，只得机械的干下去。现在，他可算比较的习惯了，但他对他这种工作总觉得怀疑和讨厌。

"我们这一班人整日在这儿做一些机械的工作，做一些刻板的文章；究竟对革命的进行有什么利益呢？"他时常有了这个疑问。

他觉得任党部里面办公的人们大概都是和他一样莫名其妙在瞎

干着一回的多；他深心里时常觉得这班人和他自己终竟不免做了党国的蛀虫。

这时候，他一面吸着香烟，一面在写着文章。他部里拟在日间出一部《北伐专刊》，他是这刊物的负责人员，故此，他必须做一二篇文章去塞责。他思索了一会，觉得文思很是滞涩，只得溜到办公室外面散步一会去。

他走过一条甬道，和一个会议场，在两池荷花，数行丝柳的步道上继续思索着。一两声蝉声，一阵阵荷花香气，解除了他的许多疲倦。他立在柳荫下，望着池塘里面的芬馥的荷花吐了几口浊气，深呼吸一回，精神觉得实在清醒许多了。

"男儿作健向沙场，自爱登台不望乡；太白高高天尺五，宝刀明月共辉光！"他在清空气中立了一会忽然出神地念着黄仲则这首诗，心中觉得慷慨起来，眼上蒙着一层热泪。

"啊！啊！慷慨激昂的北伐军！"他自语着，这时他昂着首，挺着胸屹立着，一阵壮烈之火在他怀中燃烧着。他觉得他像一位久经戎马的老将一样。"啊，啊！我如果能够先一点儿预备和你们一同去杀贼，是何等地痛快！是何等地痛快呢！……"

他正在出神时，不提防他部里头的同事林少贞从他的背后打着他的肩说："Mr. 霍！你在这儿发什么呆？"

他吓了一跳，回头向他一望，笑着说："在这儿站立一会，休息一下子呢！"

林少贞也是个很有文学兴趣的人，他失了一次恋，现在的态度冷静得令人害怕。他对霍之远算有相当的认识，感情也还不错。

他们谈了一些对于文艺的意见和对于实现生活的枯寂乏味；便都回到部里头做文章去。

这时，他纵笔直书，对于北伐军的激昂慷慨，奋不顾身的精神，和对于在军阀压逼下的人民的怎样受苦，怎样盼望 K 国府的拯救，都说得十分淋漓痛快。

时候已是下午四点多钟了，软软的斜阳从办公室的玻璃窗外偷偷地爬进来，歇落在各人的办公台上，在各人的疲倦的脸上，在挂在壁间的总理的遗像上。霍之远欠伸一下，打了一个呵欠，便抽出一部黄仲则的诗集来，低声念着："仙佛茫茫两未成，祇知独夜不平鸣；风蓬飘蓬悲歌气，泥絮沾来薄幸名！十有九人堪白眼，百无一用是书生！莫因诗卷愁成忏，春鸟秋虫自作声。"

念到这儿，他不自觉地叹息一下。自语着说："可怜的黄仲则啊，你怕是和我一样薄命吧！唉！唉！假若我和你生当同代，我当和你相对痛哭一番啊！……"

他眼睛里模糊糊地像给一层水气障蒙了。忽然，两个女人的丽影幽幽地来到他的面前。她们都含着笑脸对着他说："之远哥！我们来看你哩！"

他作梦似地惊醒回来向着她们一笑说："坐！这儿坐！啊！啊！你们从那儿来呢？"

这两位女来宾，一位是林妙婵，一位是她的女友谭秋英。谭秋英比林妙婵似乎更加俏丽；她的年纪约莫十七八岁，剪短的发，灵活的眼睛，高高的鼻和小小口。她的态度很冷静，镇定，闲暇。她的热情好像深深地藏在她的心的深处，不容易给人一见。

霍之远和她认识，是在几天前的事。她是 C 城人，在厦门女校和林妙婵是同班而且很要好的朋友。她住在离中央党部不远的长乐街，半巷，门牌十二号的一座普通住屋的二楼上。她的父母早已辞世，倚着她的兄嫂养活。她的冷峭和镇定的性格，大概是在这种环境下面养成的。那天，下午，适值霍之远部里放假，林妙婵便邀他一同去探她。他一见她便很为她的美和镇静的态度所惶惑。从那天起，他开始认识她，和羡慕她了。

这时候，她竟和林妙婵一同来访他，这真是令他受宠若惊了。不过，他是个傲骨嶙峋的人，他对于一切热情倾倒的事，表面上常要假作冷静。要不然，他便觉得过分地损害他的自尊心了。所以，这时候，他对待他的两位女友，断不肯太过殷勤的。但，据旁观人的考察，高傲的霍之远在这种时候，总是失了常态的。

"我们在家中谈了片刻，闷了便到这儿来找你！你现在忙吗？和我们一道到外面游散去，好吧？——呵！几乎忘记了？秋英姊还要请你送一些主义类的书籍给她呢！"林妙婵说，她这时正坐在办公台前面的藤椅上，望着霍之远笑着。

谭秋英静默着，脸上起了一层薄薄的红晕。她和林妙婵坐在毗连的一只椅上，望着霍之远笑着，不曾开口。

霍之远离开坐位，在宣传品的书堆里抽出几部他认为价值还高的主义类的书出来，叫杂役包着，亲手的递给她。他的同事们，都偷着眼向他盯望，在妒羡他的艳福。

时候已是下午五点钟，部里停止工作了。他和她们一同走到街上去。他觉得他的背后有许多只眼睛在盯视他。他有点畏羞，同时却觉得颇足以自豪。他和她们摇摇摆摆的走了一会，终于走到第一公园去。

第一公园，距粤秀山不远，园中古树蓊郁，藤蔓荫荫，一种槐花的肉香味，塞人鼻孔，令人觉得有些闷醉。

他们在园中散步了一会，择着一个幽静的地方坐下去。霍之远坐在中间，她们坐在两旁。各人都凝眸注视那如画的园景，在静默中听见一阵阵清风掠叶声，远远地浮动着的市声。各人吸息幽微，神情静穆。

林妙婵把被风吹乱的鬓发一掠说："风之琴梳着长林，好像寂寞之心的微音！……"

"啊！好凄丽的诗句！不愧一个女文学家呀！"霍之远赞叹着说。

"啐！……"林妙婵，脸上羞红地瞪着霍之远一眼说。

"真的！说的不错！女文学家！女文学家！"谭秋英附和着说。

"你们联合战线起来了！……哼！我不怕！女文学家便女文学家！不怕羞！看你这女革命党！"林妙婵赌着气说，把手指在自己的脸上划着，羞着她。

"你这小鬼仔，谁和你说我是女革命党呢？你自己急昏了，便乱扯人！……"谭秋英也赌气说，走过林妙婵这边来，痒着她的袒露着颈部。林妙婵忍不住痒，便扑通地倒入霍之远怀里去一面求饶。谭秋英戏谑着她说：

"看你的哥哥的面上饶了你；要不然，把你的嘴都撕开来呢！"

这样乱了一阵，大家都觉得很愉快。过了两个钟头，已是暮色苍茫，全园都在幽黑的领域中。他们才一同回去。

五

现在是初秋天气了。岭南的秋风虽然来得特别晚些，但善感的词人，多病的旅客却早已经在七月将尽的时候，觉得秋意的确已经来临了。霍之远这时正立在 S 大学的宿舍楼栏里面。是晚饭后时候，斜阳光很美丽的，凄静的，回照在明远楼的涂红色的墙上，在木棉树的繁密的绿叶上。这种软弱无力的光，令人一见便觉得凄然，寂然，茫然，颓然，怅然！霍之远忽然感到寂寞，幽幽念着：

"终古闲情归落照！"

他的眼睛远视着在一个无论如何也是看不到的地方，显然是有所期待而且是很烦闷似的。他似乎很焦躁，很无耐性的样子。在这儿立了一会便跑到那儿；在那儿立了一会，便又跑回这儿来。他的眉紧蹙着，脸色有些为情爱所浸淫沉溺而憔悴的痕迹。学校里上夜课的钟快打了，一群在游戏着，喧哗着的附小的儿童渐渐地散完了。广场上只余着一片寂寞。楼栏里只站着一个憔悴的他。

他的心脏的脉搏跳跃得非常急速，呼吸也感到一点困难。有些时候，他几乎想到他的心脏病的复发是可能的事。他觉得有点骇怕。他所骇怕并不是心脏病的复发，而是他现在所处的地位已经有点难于挽回的沉溺了。他一心爱着林妙婵，一心却想早些和她离开。他俩是太亲密了，那种亲密的程度，他自己也觉得很不合理。

林妙婵已于二星期前从黄克业家中搬到广九车站边的一座漂亮的洋楼的二层楼居住，同居的是林小悍的二妹妹林雪卿（病卿是小悍的大妹）和他的妻姨章昭君。另外同住的还有一个男学生名叫张子桀。一星期前，妙婵的未婚夫也从他的旧乡到 C 城来，现时同她一起住在这座洋楼里面。

林妙婵所以迁居的原因，说起来很是滑稽而有趣。原来黄克业的老婆是个旧式的老婆，她很愚蠢，妒忌和不开通。她的年纪约三十岁，为着时髦起见，她也跟人家剪了发；但除开时髦的短头发而外，周身不能发现第二处配称时髦的地方。她生得很丑，很像一个粗陋的下等男人的样子。她有一个印第安人一样的短小而仰天的鼻，双眼灰浊而呆滞，嘴大而唇厚，额小而肤黑。她的身材很笨重，呆板，举动十分 Awkward！但她的妒忌性也正和她丑态成正比例林妙婵刚搬进她的家里时，她的美丽本身已大足令她妒忌。当黄克业和林妙婵在谈话时，她更是妒忌得脸色青白，印第安人式的鼻更翘高起来，喃喃地说着许多不堪入耳的话。后来，她又看见霍之远和林妙婵很是爱好，更加愤恨，整日指桑骂槐地在攻击着她。攻击的结果，便促成林妙婵的迁居。

她迁居后，出入愈加自由，她和霍之远的踪迹便亦日加亲密起来。

前天晚上，林妙婵和霍之远一道到电戏院去。院里一对一对的情人咭咭咕咕在谈话。他俩当然亦是一样的未能免俗了。这晚，她身上穿着白竹纱衫，黑丝裙，全身非常圆满，曲线十分明显。她的易羞的表情，含怨含情的双眼，尤易令人迷醉。

这晚×电戏院演的是《茶花女》，剧情十分缱绻缠绵。霍之远坐在他的皇后身边，过细地欣赏着她的一双盈握的乳峰。他觉得她全身之美似乎全部集中在这乳峰上。它们这时在他的皇后的胸前微微闪现着。他有点昏迷失次，全身的血都沸热了。

她的两只灼热的眼睛，含情而低垂。她的脸羞红着。膝部压在他的膝部上，心上一阵阵的急跳。她是不能自持的了，全身倾俯在他的身上。

"糟糕"，霍之远昏乱间向着自己说着。"现在更加证实我和她已经是在恋爱着了，啊！啊！这将怎么办呢？一个有妇的男人和一个有夫的女子恋爱，这一定是不吉利的！Oh! To Love Another Man's Wife it is very dangerous，very dangerous indeed!"……

他觉得有点临阵退缩了；他恨今晚不该和她一同来看电戏。但，他的另一个心，却感到无论如何再也不愿离开她。

"老天爷！"他想着。"我的荒凉的，破碎的心！我的悲酸的，

Ruin 的生命！我！我！我既不能忘弃旧情，又那里能够拒绝新欢！唉！唉！在情场上我完全成了一个俘虏了！我不知怎样干，但天天又是干下去；这便是我的陷溺的最大原因！唉！我不能寻求什么意义，我始终为着爱而堕落，而沉沦！老天爷，明知这样干下去是犯罪，但不是这样干下去，简直便不有生活！"

想到这里，他的心头觉得一阵阵凄郁，他的手已经在数分钟前摸摸索索，从她的短衣袖里面探进，冒险地去摸着她的令人爱得发昏的乳峰了！

她把她的手从竹纱衫外压着他的手；这样一来，她的乳头便是更受摩擦得着力了。

在这样状况之下，他和她昏迷了一个钟头，才清醒着！……

霍之远在 S 大学里面的宿舍楼栏上，回忆着这些新鲜的往事，觉得怅惘，凄郁。林妙婵的未婚夫，他已晤面几次了；他的年纪约莫二十二三岁；高大的身材，脸腔阔大，衣着漂亮。全身看起来，有点粗猛的表情，虽然他的样子还不算坏。他在上海的一个私立大学毕业。他本想在本年暑假期内和林妙婵结婚；但林妙婵不愿意，偷偷地逃到 C 城来升学。现在他自己跑到 C 城来，依旧要求她回去结婚。林妙婵依旧不愿意。他没有办法，只得守着她住着；一面托霍之远替他寻找一件职业。

霍之远自见林妙婵的丈夫和她同居之后，他便不太愿意和她见面了。但，他老是觉得寂寞。他这时候站立在幽昏里，异常焦躁，双手抱着他的头，不住地，踱来踱去。

"革命！努力地去干着革命工作！我要从朝到暮，从冬到夏的工作着！工作着！把我的筋肉弄疲倦了，把我的精神弄昏沉了，那样，那样，我便将再不会被寂寞袭击着了！……"

他最后，终于这样决定了。他的心头轻了一些，觉得这个办法是消弥他的幽哀的坦途大道。

他大踏步走进房里面去。蓦然间在他的书桌上看见一封信；那些娟秀的字迹一触到他眼帘时，他便知道那是谁写给他的，他踌躇了一会，便把它撕开，看着：

"亲爱的之远哥哥：我今晚真是寂寞得很啊！你这几天为什么不到这儿来坐谈呢？真是……唉！难道我俩的友谊你已经怀疑着么！亲爱的之远哥哥，便请你忆起在大草原间的晚上我们俩是怎样的感动地呵！……

我想不到你不来和我相见，是什么意思？这几天来，我恍惚堕入黑暗的坟墓里面去了，我感到异常悲哀！我真是……唉，快来看我吧，亲爱的哥哥！……

你的妹妹，妙婵。"

他看完这几行短短的信以后，脑中觉得异常混乱。

"去呢！还是不去呢！唉！一个善于怀春的少女！一个善良的灵魂！她真是令我完全失却理性，不知怎样办才好了！糟糕！刚才千锤百炼的决心，这时候已经是完全动摇的了！……去吧！但是他的丈夫很令我讨厌；很妒忌！他见我和她在一处是不大能够容忍的。实在说，我和她也真是有点太亲密了！唉！……不去吧！那她可太难为情了！唉！为安慰着她起见，就是冒许多危险和不名誉，也不能够退缩的！……

他终于这样决定了，立起身来，雄赳赳地立即跑向夜色幽深的街上去。过了十五分钟以后，他便到了他的情人住着的楼前了。他踌躇了一会儿，便走进去。

她住着一个街面的大房，林雪卿和章昭君和她同住在这大房里面。她的未婚夫住在一个后房，张子杰住在毗连厨房的一个小房里。这时候，他们都在厅上聚谈，厅上灯光照耀，亮如白昼。

林妙婵和蔡炜煌，这时也在厅上坐着。他们的神色很不和谐；男的有些凶猛粗犷，像一只野兽预备搏食一只弱小的羔羊似的。但他显然地，流露着失望；因为他的强力，不能得到一个处女的心。女的有些仓惶失措，恐怖和悲哀压损了她的心灵；她的色苍白得和一张纸一样。

霍之远和他们闲谈了一会，林妙婵便走到厨房里面煮水去。厨房离这厅上不过十几步远，林妙婵在那儿站立了一会便高声喊道："之远哥！之远哥！"

霍之远随着这个声音，走到厨房里面去。

厨房里面火光熊熊，壁上挂着一个藏盘碗筷子和各种杂物的柜；入门靠墙的左边，离地面二尺来高，有一个安放火炉和杂物的架。林妙婵正立在这架前烧炉呢。她一见霍之远，便现出怪可怜的样子来。她的脸色一阵阵红热，眼睛里闪出一层娇怯的，恳挚的，销魂的薄羞。她是很受感动了，一种感激的，恩爱的，心弦同鸣的表情来到她的脸上。

"之远哥！"她低声说："你这几天生气么？为什么老是不肯到这儿来呢！……现在我要感谢你，感谢你还不至于摈弃了你的可怜的妹妹啊……"说到这儿，眼泪溢出了她的眼眶，她的胸部在唤着气，声音窒塞着。

"妹妹！"霍之远说，他这时觉得一阵销魂的混乱，在他面前这个泪美人，这个为他而寂寞的少女，他觉得有拥抱和热吻的权利；

但暗中有了一种力量禁止他这样做，那力量便是礼教的余威。"我很对不起你！……但我不能时常来这儿和你谈话的苦衷，你当然亦能够知道的。我……今晚本来也想不来这儿呢。不过……唉！我那里能……"他的声音也窒塞了，他的销魂的混乱，因他的每句话而增加他的烦恼的搅扰。他的心似乎是裂着了。

猝然地，不能忍耐地，她把她的一只美丽的纤手伸给他。他的手儿颤动得很厉害，不自觉地去握着她的手。两人的血都增高沸热了。各人把畏羞的，飞红的脸低垂。在不期然的偷眼相望中，各人都增加几分郁悒和不安。

"在这儿谈话太久，终是不便；我们到公园散步一会去吧！……"这个声音在霍之远的喉头回旋许多，终于迸裂出来。

一种新鲜的喜悦，似乎在黑暗中摸索了许久，倏然间得到一星星光明似的喜悦在她的脸上跃现着。她似乎更有生气了，更活泼了，好像一朵玫瑰花在阴雨的愁惨憔悴中忽然得到一段暖和的阳光照在它的脸上一样。它把含情的，灼热的媚眼望着他，轻轻地点着头。这个要求，她分明是很高兴地答应了。……

约莫十五分钟的时间过去了，她从厨房里走到自己的卧室中穿着得更齐整一些，便到众人依然正谈着话的厅上来。她很自然地，庄严地对着她的未婚夫说："我和之远哥到街上散步一会去便回来！"

她的未婚夫的脸色即刻变得很难看了，他恨恨地望着他们，勉强地点了一下头。

他们在街上跑了一会，冷冷的街灯，凉凉的晚风，澹澹的疏星，镇静了他们的情绪。他们是手挽着手的走着，当经过 S 大学时，霍之远心中一阵阵急跳，他害怕他给他的同学看见。……

过了约莫一刻钟，他们发现他们自己已在第一公园里面了。一盏一盏的套着圆罩的电灯挂满在此处彼处的树腰上。全公园好像一个蔚蓝的天体，这些圆罩的电灯便是满天的月亮。人们在这天体间游行的，便是一些无愁的天仙。这儿，那儿屹立着的大树，便是在撑持天体使之不坠的巨人。这是何等地美丽，何等地神秘的一个公园啊！

他俩这时拣到一个僻静的地方坐下。那儿有繁花作帐，翠叶为幕。他们在这种帐幕间相倚地坐下。这时，两人都似乎窒息着，喘着气；彼此的肉体故意地摩擦着，紧挤着。拥抱和接吻的要求在各人的心窝里都想迸发出来；但这种要求被制死着，被紧紧闷住着。在这种状况下，他们都觉得有一阵销魂的疼痛，烦闷的快感，柔腻的酸辛。两人的脸烧红着，额上有点发热。女的微微隆起的胸部，芳馥的肉香，纤纤的皓腕，黑貂般的眼睫，丰满的臀部在男性的感官里刺痛！男的英伟的表情，一只富有引诱性的灵活的眼睛，强健有力的两臂，很有弹性的坚实的躯体对于女性的憧憬着的男女间的秘密的刺激，令她有些难以忍耐。……

在电戏院表演过那场鲁莽的举动，他们这时都不敢再轻于尝试了。沉默了五分钟以后，霍之远望着远远的碧空，想着些远远的事物，极力分散他的藏在脑海里的不洁的想像。他的努力，并非全归无效；他觉得他的确是清醒了许多。他开始地用着一种幽深的，渺远的神气很感动地向着他面前的女后说：

"亲爱的妹妹！……我是个堕落过的人，颓丧到极点的人，我想我不应该领受你的纯洁的爱！……我一向被无情的社会，恶劣的境遇压逼着，侵害着，刺伤着，我的沸热的心情，只使我变成支离的病骨！我的天真无邪的行动，只使我剩下一个破碎的，荒凉的心在我！唉！被诅咒的我！被魔鬼抓住的我！我的被毁坏的大原因，是因为我的同情心太丰富，我对于一切虚伪的，欺诈的，冷酷的权威和偶像太过不能讨好！和不忍讨好！我真是宁溘死以流亡，不愿向那腐败的，恶劣的旧社会的一切妥协！……在这旧社会里面，父亲和母亲牺牲了我，我的妻被我牺牲，同时我也被她牺牲！我的心爱的病卿！唉！唉！现在她的呻吟多病又是给谁牺牲呢？……以前我的所以颓废，堕落，一步一步走向魔鬼手里去，走向坟墓里面去，是因为这个缘故，现在，我的所以想戮力革命，把全身的气力，把剩余的血的沸热倾向革命也是因为这个缘故！……"他说到这里，声音有些嘶了，便歇息着。他望着林妙婵，澹澹的星光照在她的脸上，使她的面色变得分外苍白；她的手紧紧地握着他的手，血管里的血被同情涨热了。

"我一向，"他继续说着。"好像在人踪绝灭的荒林里过活一样，好像在渺无边际的大海里的孤舟中过活一样！人家永远不把同情给我，我也永远不想求得到人家的同情。有许多时候，我根本也怀疑"同情"这件东西了。我以为"同情"这两个字大概是不能于人类中求之！……但是，亲爱的妹妹！你为什么这样爱我呢？不要这样的爱我，我想我是值不得你这样的怜爱呢！……而且，你这样的爱我，你的未婚夫会觉得不快意。是的，他今晚的表情不快意到极点了，我是知道的。亲爱的妹妹，我的不敢时常到你那边去坐谈，为的是恐怕对你的幸福有所损害！……但是，我敢向你坚决的表示，我始终是爱你的！爱着你好像爱着我的亲妹妹一样！……"

林妙婵的身体抽搐得很厉害，她全身倾倒在霍之远的怀上，脸色死死地凝望着霍之远。一阵伤心的啜泣，不可调解的哀怨，压倒了她。她想起她的未来的黑暗的命运，结婚后种种不堪设想的痛苦和被污辱！……她和霍之远的终有隔绝之日！她在他的怀里昏迷了。

过了一刻，她才用软弱的声音说："哥哥！我爱你，我虽不能和你……；但我的……一颗鲜红的心……早已捧给你！捧给你了！……"

她的悲酸的声音，在微风里抖战着。……他们在这儿坐谈着，一直到深夜才回去。

六

又是过了两个礼拜，蔡炜煌因为害着肠炎病已于几天前入 H 路的 C 医院求医去。林妙婵本来已考进党立的 G 校。并且搬进校里面去；这时只得向学校告假，日夜去看守着她的未婚夫的病。

C 医院离 K 中央党部不远，它在 C 城的东门外，洋式的建筑物，甚是漂亮。在医院面前留着一片有剪齐的细草平铺着的旷地；旷地上杂植着一些西洋式的异草名花。晚上有许多白衣的看护在这儿蹁跹着，坐谈着。

医院是红色的砖砌成一个十字式；现出坚固，高峭，和危屹的样子。屋顶栽着几个绿色的小塔，像戏台上的丑角戴着的"店家帽"一样，很滑稽而有趣。医院内满着各种药水的气味；气象异常阴沉而幽郁。

蔡炜煌住的是这座医院的三层楼 340 号房。房的方向，是坐北朝南。房里的壁都涂上白色，陈设简单。一个给病人安息的有弹弓床板的榻。榻的四脚下有铁的旋转轮，可以任意移动。朝着病榻的他端靠墙有一张小榻专给看病人的人睡着的。林妙婵现在每晚便是在这样的榻上睡着。

这医院因为是在郊外，故此每夜虫声如雨，窗外的黑影，像巨鬼的异像一样，令人一见十分恐怖。要是，在这里睡着的人，中夜从梦中惊醒，一阵凄楚的，恐怖的情绪便会使他透不过气来。

林妙婵因为病人的坏脾气，和惊人的险状，夹杂着她自己的失眠，恐怖，忧急，弄得很憔悴。她每天抽闲的一二个钟头便走到霍之远面前去啜泣。在这个时候，她觉得全宇宙都是漆黑，只有在霍之远面前才得到光明；觉得全宇宙都是冰冷，只有在霍之远面前才得到暖和；觉得全宇宙都是魔鬼，只有在霍之远面前才得到保护。她的被病人吓得像萤光一样的脸，要在霍之远的面前才能回复她的玫瑰花的颜色。她的被病人蹂躏得刺痛的心，要在霍之远的面前才能回复它本来的恬静和甜醉。她的被病人叱责和诅咒的受伤的灵魂，要在霍之远的面前，才能得到它的安息的家乡。

霍之远，因为要避免蔡炜煌的妒忌起见，到医院去的时候很少。但，林妙婵的凄凉无依的状态和恳切真挚的祈求终使他对这医院的病室不能绝迹。

这晚，他在部里放工，吃了晚饭之后，照例地走到医院去看他一看。他害的是"小肠坏"；一入室便听到他不断的呻吟。他的脸完全无生气，深深的眼眶，嵌着两只无神的眼睛。他现出焦逼，烦躁，苦楚。在榻上辗转反侧，不能得到片刻的安定。斜阳光无力地照入病室，在他的完全憔黄的脸上荡漾着。他流着眼泪对着霍之远说："兄弟——我——很——感谢——你——你时常来看——我！——我——想——我——是——不能活——下去！……唉！……"

霍之远很受感动，用着悲颤的声调向着他说：

"不会的！你的病并不是十分厉害；只要你能够安心将息。医生说，多一二个礼拜你便可以完全好了。——总之，无论如何，你这时应当心平气和，神舒意爽。死生之念，得丧之怀，应当置之度外。——医生只能够医你的病的一部分，你自己医自己的部分比较还要大了一些呢。……"

病人点着头，只是呻吟；他的病显然不单是"小肠坏"那么简单；好像他的身心各部分都病起来似的。

林妙婵这时穿着淡红色的衫衣，脸上因为废枕忘餐而苍白，神色有些恍惚不定。霍之远望着她，眼上一热说："婵妹！你亦要珍重些！……"

林妙婵望着他，觉得凄然，怅然，也是说不出什么话来。

过了一会，霍之远向着病人辞别说："煌兄，请你珍重吧！……明天我再来看你！……"

病人点着头，表示感激的样子。

林妙婵这时也站起身来向着病人说："我送之远哥下去吧，一会子便回来！"

这句话刚说完时，她已和霍之远一道走到病室的门口了。他俩在走廊上走动时，挤得比平常特别紧。他把他的左手按在她大腿上，她左手挽着他的腰。他们的脸都涨红着。

当他们行近楼梯口时，四面无人；她忽然故意地停住脚步，他也凝眸看她。

"之远哥！你亦要珍重呢！你近来瘦削得多了！……"

她说着热热的珠泪，迸涌着她的眼眶。一阵软弱使她全身的重量都载在霍之远的身上。

他挽着她再向前行。用着悲颤的声调向着她说："可怜的妹妹！……你好苦啊！……"

"之远哥！"她说，"我怕得要命呢！他的病时常发昏，说神说鬼！我日夜被他吓得透不过气来。——他平时的脾气已经是很坏。每一不如意，便捶胸撞头。现在更凶了，大小便不能够起身，都要我服伺他；稍一不如他意时，便破口大骂！——唉！……"

霍之远这时在一种沉醉而又发昏的苦痛中，心里为一种深厚的同情和销魂的痴迷所惑乱！他的青春的热力，在这样阴沉的，愁惨的，迷惑的状况中焦灼着，压抑着。他被一种又是缠绵又是急促的情调纠缠着。一阵阵娇喘的声音，从林妙婵的胸口裂出来，刺入他的耳朵里，他的涨满着血的脸上，登时变成苍白。

"我爱！你怎么这样悲哀呢！"他喃喃地说着不自禁地吻着她的膀臂。

他们已是走到医院门口了，在杂植着相思柳，紫丁香，洋紫荆，洋朱藤，和各种杂花的草地上只是踟蹰着。夜色混合着花香，洒满着他们的襟颜。这儿，那儿有许多白衣，白裙的看护妇的迷离的笑声和倩影。

忽然，一个惨裂的，悲嘶的声音从病人的室里冲出来。这个声音是这样愁惨可怜的，正如一只山猪给猛虎衔去时的悲鸣一样。他们都为这声音所震动，因为这个声音似乎有些像他们熟识的病人吐裂出来的声音一样。他们即刻跑回三进四十号房去。当他们走近三百四十号房时，这种尖锐的，悲惨的声音，继续由房里冲出，中间杂着一二句咒诅的话头。

他们冒险走进房里面去，蔡炜煌在榻上抽搐着，口里的惨叫停止了。忽然他把他死死的眼睛盯视着他们俩人。随即喘着气向着林妙婵大声叱骂："你！——瞎！你——死——去——了吗?! 你——这——嘻——小——娼——妇！——嘻！——嘻！——泼 货！——你——快——些——把我——勒——死——罢！——"

他一字一喘，骂了这几句，便又狠狠地瞪着他们一眼，随即昏去。

林妙婵只是哭，急得连半点主意都没有，紧紧在挤在霍之远身上，全身抽搐得愈加厉害。她把双手遮着目，不敢再望榻上的病人。

霍之远这时也急得心寒胆战，他一面安慰着林妙婵，一面在筹思着办法。过了一会，他觉得非打电给病人的家属不可。他很确信，病人已是没有活起来的希望了，一个深刻的怜悯之念，来到他心头，热热的泪珠在他的眼眶里迸出。

"唉！唉！悲哀！悲哀之极；"他下意识似地说着。这时，他的脸吓得像幽磷一样凄绿，额上浴着冷汗。病人昏迷的时间是这么悠长，有些时候霍之远以为他是完全死去了。他急遽间从抽屉里抽出一片纸来，用自来水笔写着：

"厦门××街××号转，述兄：煌病危，速来！C城，C医院林。"

他抽了一口气，对着这张电稿打了几个寒噤。辞别了林妙婵，他抱着这张电稿，走向电报局去。

七

八月十五的晚上，一轮皓月已在天上凝视人间。这一夜的月色，在中国的传说上和闾里间的习俗上都觉得是最美丽而有趣的一夜。尤其是，闺女们把她们酥醉的芳心，少妇们把她们温馨的梦语，在裳飘带转的嫦娥的辉光之下为她们的意中人祝福跪拜，更属韵致。

C城的中秋，也有它的特别热闹的地方。这一晚，除开一些痴儿女在拜月怀人外，其余的大概都到珠江江面荡舟去。"珠江夜月"本来已是C城中几个胜景之一；而当这十里清光，万人细语，在这清秋胜节之候，在这一般人认为有特殊的历史性的美的传说中，当然更加令人觉得有流连的必要。

霍之远，独自个人在 S 大学宿舍里面的楼阑上对月呆坐。他的几位好友罗爱静，郭从武，林小悍，和他的几个同乡组织一个"赏月团"。他们这时候，都已经到珠江江面荡舟去了。他本来亦是团员之一，但他托故不去；独自个人在这清冷的宿舍里面，别有所待。

他穿的是一套银灰色的称身西装，坐在一只趸足的藤椅上，神情寂寞，脸上从月光下望去，格外显出清瘦。他的左脚踏在楼板上，右脚下意识似地在踢击着楼阑；双手交叉着放在胸前。他的头左摇右摆，倏然间大声念着："十里瑶光伤积愫，满楼衣影怯秋寒！"

这个颤动而哀紧的声音，打破了楼阑里的沉寂。

"唉！唉！"他叹息着，眼上渐觉为泪光所模糊。"我完全迷失了理性，完全在她的像醍醐一般的浓情里陶醉了！唉！我的像残灰一般的生命，终当为她再燃！我的像冰雪一般的情怀，终当为她再热！在这世纪末的情怀里，闹市病的凄况中，遇见她！当真是我的生命史上激起了一个美丽的波澜！但！心灵贫弱的我，一向在过惯破碎生活的我，战斗力不足的我，对这目前的幸运，觉得实在有点恐怖！可是命运早已使我柔顺地做她的奴隶了，我的一颗心早已不知不觉地呈给她，揉在她的手心内了……唉！她这时候为什么还不来呢！七点钟，七点半钟，时候已到了，她为什么还不来呢？……"

霍之远那夜到电报局打电报后，蔡炜煌的哥哥蔡述煌隔了三天便即赶到。蔡炜煌的病势，日见沉重；他见他的哥哥赶到，向着他泣着最后的数行眼泪后便即神经错乱，认不出谁是谁来。林妙婵现在比较有了闲空了；她除看视病人外，晚上总抽出几个钟头来和霍之远厮守着。这时候，正是他们晚上幽会的时候了，霍之远所以不肯和他的朋友一同到珠江江面去荡舟，老是在这校舍里面等候的，也正是为着这个缘故。

月儿今晚的确是特别美丽得多，她在天际俏立着，是这样的娉婷，婀娜，风流。她把别离的凄清，相思的愁怨，倦废的寂寞，沉醉的温馨传送给人间；她自己却永远是羞怯的，镇静的，未曾动情过的。但，她今晚的确是比平时更加美丽得多了。

这时候，一个娉婷的影，踏着花荫，在月光下幽幽地移动着，一步步地走向霍之远坐候着的楼阑那边来。过了几分钟，这娉婷的影已立在霍之远的面前，把等候得不耐烦的霍之远高兴得跳起来了。

"亲爱的婵妹！"他握着她的手，亲热地低唤着。

"亲爱的远哥！累你久等了！"林妙婵说，软软地挤在霍之远的身上。

"到房里面坐谈去罢！"霍之远很神秘似地说，他的声音为销魂的愉快所窒塞，他的脸热热地涨着血。

林妙婵很柔媚地望着他一眼，跟着他走进房里面去。

"……"

两人沉默了一会，在寂静的卧室里面，彼此都感觉到一种沉重的压逼，透不过气来。林妙婵的脸完全羞红着了，她的头低垂着，两眼脉脉含情。霍之远坐在卧榻上，用着怜爱的，动情的，灼热的目光望着她。一个神秘的，诱惑的，不能压制的肉的渴望，拥抱和接吻的念头来到他的心窝里。同时，他因兴奋过度而焦灼，觉得有一种窒塞着的烦闷。

"到校园去罢，今晚的月色好得很啊！"他对着林妙婵发梦一般地说着。这时，他完全在一种浪漫故事的情境中陶醉了。

"今晚的月色真的是很美丽的！"到校园里去很好，我很赞成！"林妙婵答，她的态度很是自然而真挚。她今晚穿的是一套称身的女学生制服，身材俏丽；玫瑰花色的脸庞在电灯光下发亮。她心里怔忡着，又是含羞，又是快活。

是晚上八点钟前后了，霍之远和林妙婵离开灰褐色的宿舍，走到充满着月色花香的校园里去。校园里是这么美丽，幽深，神秘。翠竹秀拔，苍松傲郁，洋紫荆俏丽，法国梧桐萧疏，狮子勒，珊瑚树，九里香，铺地锦，紫丁香，……把地面饰成一个盛装的少妇一样。他俩这时站在一株蔷薇花之前，霍之远翘着首吮吸着那如梦如烟的澹荡的月华，他的心觉得飘飘渺渺的，像在月光中游泳着一样。过了一忽，他转过头来向着她呆呆地望，她的美丽的小脸，她的映着月光的胸前令他完全迷失了。他发狂地搂抱着她，把她狂吻了一阵。他的心中觉得一阵以前未曾感觉过的愉快。

"亲爱的妹妹！"他喘着气说，把头靠在她的怀里，听着她心脏里急亢的脉搏的声音。"我的上帝！我的灵魂！我的生命！……"热热的眼泪，不停地从他的眼里滚出来，他觉得他太幸福了。

林妙婵把她的一双莲藕般的手腕紧紧地挽在霍之远的颈上。她像怕他走开了去似的用力的挽着，这使霍之远的颈上觉得有些疼痛了。

他们只是把灼热的，不！喷火的眼睛相望着，像饮了猛烈的酒精一样的陶醉。过了许久许久以后。她才幽幽地向着他说：

"亲爱的哥哥！我第一天见你时便吃了一惊，我的心便跳个不住了！你还记得第一天在黄克业先生家中相见时的情形吗？你那时在电灯光下踱来踱去的念着苏曼殊的诗。他的声音像音乐一般的打动我的心弦。你的那种一往情深的态度真是令我一见陶醉哩！那晚吃晚餐的时候，你望着我很自然地问着我的姓名，我常时羞得满面涨红。哥哥！你的态度是多么天真烂漫啊！你真是令人一见，便觉得多么可爱啊！……"

月光如银，亮亮地披在他俩身上。树影儿软软蠕动，竹叶儿微微颤摇，一切的花儿，叶儿把冶红妖绿画出一个美丽的乐园。一切的经过是太美丽的了，他们都几乎以为在做着梦！

为要证实这在进行着的 Romance 还不至于离开事实，霍之远竭力想说出几句话来。但，他毕竟是太陶醉的了，更哼不出一个字出来。林妙婵哟着嘴儿，闪着眼儿，在半醉半醒的状况间继续着说：

"那晚，我最不愿意听到的，便是你已经结婚和有了孩子的消息！我觉得失望，这真奇怪！亲爱的哥哥！为什么我一见便会这样倾心于你呢！"

"呵！"霍之远已经失却他的说话的能力了。他的强健多力的双臂总离不开她的像玉一般的肢体；他的胸部和腹部要是离开它们的温柔的陪衬物时便觉得痒痛！他的喉为热情所燃烧而干渴，他的眼闪着情火，他觉得他差不多要发狂了的样子。

夜渐深了，凉露湿衣，轻寒剪面。他俩只是拥抱着，接吻着，接吻着、拥抱着，忘记了天地间除了拥抱和接吻之外，还有别的事体存在了。

八

三天后的一个清晨，晓日初升，几声鸟语从茂密的玉兰树掠过 S 大学宿舍的楼阑。霍之远在卧榻里醒了一会，懒懒地斜躺着未曾起身。他盯视着帐纹出了一回神，连连地打了几个呵欠。

"我和她的关系，将来怎样结束呢！"他又想起和林妙婵两人间的问题来。他把他的眼睛合上继续地推想下去。"咳！糟糕！我爱她吗！是的，我现在便从客观的情形上看起来也不能说是不和她有了恋爱的关系了。已经连拥抱接吻都实行过，已经无日无夜地在说着情话，难道还说不上有了爱情吗？真糟糕！真糟糕！我更会和她恋爱起来！真的，这不但我自己是这么想！便连我的几个好朋友和许多同乡都在攻击我了！他们都在积极地攻击着我和她恋爱！咳！讨厌！我真不愿意听到他们有这般的批评！"他翻过身来，把他的足跟敲着床板一下表示他的不快；把眼睛望着帐外一眼，一列崇高的大树远远地射进它们的幽绿色的光来。他又沉默地想着；"咳！神经质的她，多愁善感的她，假使因我对她的无情而令她走到死亡之路去，我的罪恶可更大了！咳！前天昨晨，她的态度是多么令我感到怜悯和凄恻呢！她一早便走来见我，推开我的帐，握着我的手只是流泪。我问她为什么那样伤心！她更出我意料之外地说了这几句，"我祝他早死啊！他早一日死，我早一日脱离地狱！"我感到心痛，我知道她的决心了！我知道她对我的期望了！……唉！真可怜！一班缺乏同情心的批评家哟，他们要是能够知道这里面所包含的是什么意义，又何忍这样的来攻击我呢！可是，我的悲哀倒不是因为得不到这班人的同情能悲哀；我的悲哀的真原因，是我的本身对于生命根本上起了怀疑，对于幻灭，死亡，空虚，苍茫的各种鬼影无法避去！唉！我的童年之心，我的欢乐之心啊！早已消逝！消逝！虽然，在和她拥抱的一两个钟头觉得有几分愉快和好过；但过后却更使我觉得凄惶和不安！预计将来的情形，我和她显然有非达到结婚不可的趋势。但，结婚后能够使我快乐吗？能够使他快乐吗？结婚后的大改革，对旧家庭的抛弃和牺牲，能够使我的心不流血吗？悲哀！这真悲哀！然而，——唉！这又有什么办法呢？唉！唉！"

"霍先生！霍先生！"忽然一个声音在他的帐前喊着。霍之远吓了一跳，张开眼睛看时，原来站在他面前的正是林妙婵，和蔡述煌！他连忙起身，向着他们点了一下头。

"好早啊！"他下意识似地说着，心中感觉到一点不吉的预兆。

蔡述煌年约三十岁，是个普通的，商人式的样子。他穿着灰布长衫，态度很是颓丧，绝望。他的苍白色的脸，脸上刻着一种说不出来的悲哀。

"炜煌已于今早四点钟的时候死去了！"他带着鼻音说。眼泪成穗地垂下。

林妙婵只是啜泣着，她望着霍之远只是打着冷噤，一种恐怖的，忧惧的，混乱的表情深深地刻在她的面上。

"之远哥！……"她咽着泪说着这一句，便放声大哭起来。

霍之远在一种深厚的同情，和充分的怜悯中喊出来：

"哎哟！天哪！……但是，这亦是无办法的，述兄，婵妹正宜节哀。我们现在须要从速整理他的身后事。以后各人须要更加出多一分气力，做多一分事业，以慰安死者。我们不应该悲哀，不应该消极啊。……"

自从蔡炜煌死后，霍之远和林妙婵便一天一天地更加爱好起来了。蔡炜煌之死是给他们的命运上一个多么大的影响啊！

这几天，恰好霍之远卧病。正暮秋天气，碧空和一个深水潭般的澄净，凄沉。若在平时，他定会约几位好友到白云山巅去逛游一场，在那儿有一种渊静，萧疏的特殊的情调给他们领会。或者，会约着他的情人坐着同欧洲十七八世纪一样的马车到沙河去作一回漫游。在那儿，秋林掩映着斜晖，马蹄声杂着车轮辗地的声音，特别能够给人们以一种乡愁的刺激；那便可以令他和他的情人在马车里面挤抱着一同去领略那种 Sweet Bitterness。或者，当他还未曾离去

Romantic 的猖狂时代，他定会对着秋风黄叶，散发大叫；念着，"长风万里送秋雁，对此可以酣高楼！"这两句诗后，便把他筐中的棉衣全数拿到当铺里面去换几块钱，即刻带着他的朋友们到酒家去喝个泥醉。

可是，他现在是卧病了，而且也是比较从前老成得多了；所以上面所说的那回事，他自然都做不到。他的病倒不十分紧要，不过躺躺几天便一定可以痊愈的热症。他在病里，亦实在未曾觉得寂寞；因为这场病从 Prologue 到 The End，林妙婵女士始终是个殷勤而缠绵的看护者啊。

在病中，在林妙婵殷勤看护里，霍之远时常这样想着；"唉！这回可更加没法了！她的未婚夫现在已是逝世，我和她的爱情可更是没遮拦的了！和她恋爱下去罢！把旧家庭抛弃，把不合理的旧婚约取消，从此在革命的，向光明的大路上走去吧！我不应该再在旧制度下呻吟了！我不应该和我的旧式老婆胡混着，过了暗无天日的一世了！但！唉！这其中亦正有难言之痛！……还是能够安安静静地生活下去好；我的精力应该全部集中在革命的事业．上。我干一切的革命工作，都太不紧张，和太浪漫了；我以后应该痛改才是！唉！唉！被帝国主义者和军阀双重压迫下的中华民族的民众正是求生不能，求死不得的时候；我！戴上革命者的面具的我，还不拚命去工作，拚命去干着打倒帝国主义者和打倒军阀的工作；这那里可以呢？我！我还在这儿闹着恋爱问题，这那里可以呢？……"

是晚上时候，电灯照耀，霍之远躺在榻上，林妙婵坐在他的身边，替他捶腰。

"哥哥！你还觉得肚饿吗？我替你煮一碗白粥给你吃。"林妙婵把她的嘴放在他的耳边问。

"妹妹！谢谢你！我的肚子还不饿呢！我觉得很有点口渴！"霍之远答，他的炯炯的双眼朝着她望。

她今晚穿的是一套 C 校的制服，淡灰色的襟裙，倒映着她的有病态的小脸，特别显出一种贞静，朴素的意绪。她的一双水汪汪的星眼，又是带着羞怯，又是带着无限柔情；它们似乎是在向人炫耀着说："We are the purest and holiest!"

"我去替你泡一盏浓茶给你喝！"她说着，便把她的额去亲着他的额上，自语着："还热呢!"

"妹妹！坐在这儿不要动；我病了几天真把你累坏了！……"

"也没有什么了不得的事，只是轻手，轻脚，用不着气力，怎么便会累坏人呢？哥哥！你也忒客气了！"她说着，便立起身来，即刻去替他泡着一盏浓茶，拿来给他。

他坐起来，倚在她身上把那盏浓茶一口气喝完了，额上出了一额汗，精神觉得舒适了许多。

"妹妹！"他说，把头枕在她的颈上。"你对待我这样好，我不知道要怎样报答你才好呢！……唉！这时候，我好像睡在摇篮里受母亲之爱护；我好像躺在草坪上受阳光之暖照；我好像在黑漆的旷野里得到一线灯光时的安慰；我好像在苍茫的迷途里得到一个亲近的人来引导我到目的地去一样的快乐！唉！妹妹！你对待我这样好，我不知道要怎样报答你才好呢……"他越说越觉得兴奋，把林妙婵呆呆地望了一回之后，眼中一热，忽然淌下几点眼泪来。

"哥哥！"林妙婵很受感动地说，把霍之远的手握着很出力。

过了一会，罗爱静，郭从武，林小悍几个人都从街上回来，走来看他。他们替他买来一些梨子、嘉应子，陈皮梅；和拿来一剂药。

"老霍！而家觉得好的吗？"郭从武问。他是个高身材，阔臂膀，双眼英锐得可怖，粗暴而又精密，滑稽而又有真性情的人。他的年纪还轻，今年刚二十一岁。

罗爱静和林小悍都在霍之远的面前坐下。林妙婵早已站在一旁和他们搭讪着了。

"今晚系双门底撞到一个女子，真系漂亮咯！渠的屁股，真系大的爱人！……"林小悍用着滑稽口吻说，他是个矮身材，面孔生得漂亮，性格倔强而高傲的人。他的年纪约摸廿二三岁。

"个个女子真系漂亮咯！老霍！可惜你病左，唔会同我的荡街去，失了里个机会咯！"郭从武赞叹着说，他一面说，一面笑，态度很无忌惮而活泼。

罗爱静只是沉默着；他望霍之远一回，望着林小悍诸人一回，望着室里面的灯光一回，始终是沉默着。他的年纪和林小悍一样大，戴着近视眼镜，面孔生得秀雅而苍白，态度沉默而迂徐，是个好性气的人。他在这几个人中，比较最有理性，头脑比较亦致密一些；但身体却是他最坏。他行路时，背有一些驼，显出不健康的样子来。

他们再坐了一会，说着一些应该留意保养的话头；便把看护他的全部的责任交给林妙婵，跑回他们的房里去。

"你们这班男人都喜欢说这些不尴尬的说话，真是讨厌极了！"林妙婵带笑说，她照旧地走到他的卧榻里面去伴着他坐着。

"他们也忒可怜了！一个个都是心高气傲，又看不惯这社会里面一切的虚伪的排场，因此索性变成滑稽起来了！唉，这班人实在最苦；你看他们表面上虽然是有说有笑，但他们的心都是不停地在流着血呢！（Head bleeding）我从前也和他们一样，现在比较是好了一些了！这也是妹妹的力量呢！"霍之远说。

这时候林妙婵忽然看见一个臭虫在霍之远帐里爬着，她便把它用指甲夹住，丢在地板上用鞋底踏死。一面笑着说：

"哥哥！你所以这样瘦的原因，大概是因为这里的臭虫太多罢！嘀！嘀！"

"它们蠕蠕而动，神态有点像个饱食终日，无所用心的花花公子一样；我有时倒是有点不愿意即时把它们扑杀，有意留着玩玩啊！哈！哈！"霍之远答。

"哥哥，这么说，有点太便宜它们了！嘻！嘻！"

"那也好，便请你给我执行这个肃清臭虫的职务罢！哈！哈"

"嘀！嘀！我来当刽子手，把这些丑类杀个干干净净！"

"勇敢！勇敢！你是个女将军啊！哈！哈！"

这样谈笑了一会之后，林妙婵便真个替他翻枕，推席，一心一意的在扑灭臭虫。

霍之远心中觉得异样感激，眼上渐渐地又是蒙上一层泪光。自幼便神经衰弱的他，十年来尝了一点人世的滋味，更加觉得社会上一切的结合大都是虚伪；一切的排场大都是欺诈；一切人与人的关系，大都是互相倾陷，互相诬蔑，一切的一切，都使他灰心，使他觉得活下去固然有些不妙；横起心来去干着自杀的勾当，却又未免有些愚蠢。半年来的决心革命，固然使他的意气稍为奋发一点；但他只是把光明和美梦，寄之未来的希望。在这资本社会里面得到一个两足动物的真挚的爱情，他觉得绝对是不可能的。这时候，不！自从遇见林妙婵的时候！他开始地觉得天壤间，究竟还有情的一字存在了！他觉得异样快慰，异样得意。

"啊！啊！我此生终算是不虚度了！我终于在生命的程途上得到一个真正的伴侣！我的生命的种子不致丢在冰雪地里，未曾开花结子便先被冻死了！我不致于在黑暗里面摸索终生，不至于再在灯昏人寂的时候，有了一种所谓'茫然'之感了，"霍之远躺在榻上，很感慨的想着，出神地在看着他的情人在替他扑杀臭虫。

九

霍之远日来很是忙碌，他预备到菲律宾去。菲律宾总支部在最近发生一个大纠纷，总支部的执行委员会破裂了，执行委员间互相攻讦，都来中央控告。中央拟派霍之远为党务专员，前到菲律宾排难解纷去。他的行李和一切启程的手续都弄清楚了，惟有美领事方面还未肯把他的护照签名；故此，他还未能够即时启行。

他对于革命的努力和对于恋爱的狂热可说是兼程并进。他现在的意识和行动都革命化了。对于社会主义一类的书，他亦陆续地潜心研究了。"没有革命的理论，便没有革命的行动。"他觉得这句话，的确是说得不错啊。他现在工作很忙，除开在中央党部办公外，还要领导着一二个旁的革命团体做工作。他的思想，现在愈加正确而且不摇动了，他时常这样想：

"旧社会的一切制度都站在资产阶级说话。资产阶级用着经济的力量去压迫，榨取无产阶级；他们用着强大的海陆军，航空队去镇压各种叛乱；用着国家，朝廷，议会，官吏各种工具去惩罚各种暴动；用着宗教，道德，美术各种武器去柔服各种不平的心理。他们在国际上，形成资产帝国主义，专以欺压弱小民族为事；在本国之内，专以剥削工农无产阶级为其要务。中国的革命，第一个目标便是在消灭这种罪恶贯盈的资产阶级；在口号上，这种工作是对外打倒资本帝国主义；对内打倒资本家。第二个目标，我们要肃清半封建制度下的大小军阀；因为他们都是仰着资本帝国主义的鼻息，而且他们本身便是剥夺工农的资产阶级。我们的 K 党部，虽说是集合农工商学各阶级的力量去革命；但要是没有改良农工阶级的待遇，没有保障农工阶级的生活，叫他们没衣没食地去干着革命，这一定是不能成功的。……"

他的个人主义的色彩和他的浪漫的，不耐劳苦的习性，都已经渐渐改除了。他觉得从前把革命看作一件消遣品，和艺术品，实在是不对啊。

"革命是一种科学，是理性的产物，纯情感的革命的时代已经是过去了。"他在最近已经有了上面这个确信。

他和林妙婵二人间的恋慕，也日加深厚起来了。现在罗爱静，郭从武，林小悍诸人都时常地在讽刺着他。

"老霍！呢等野真系坏蛋！咁浪漫点得呢！我的估你紧系要同 Miss 林恋爱起来，你拚命话我的系车大炮。而家，你重有话讲咩？成日同巨行埋一堆，鬼咁亲密；真系激人咯！（老霍！你这东西真是个浑蛋；你这样浪漫怎么能够呢？我们预料你和 Miss 林恋爱起来，你老是说我们在吹牛皮。现在，你还有什么话讲呢？你整天只是和她混在一块，亲密得令人可恨呢！）"

林小悍有一次特别和他开谈判，那是当他将被×部派到暹罗工作去的前一晚。那晚，他用着满腔的革命情绪和一种悲亢的声调同霍之远一道站在 S 大学的宿舍楼阑里面说："老霍，你要当心些！你别和 Miss 林真个恋爱起来！你要知道，现在许多同志都在我面前攻击你太浪漫，攻击你为 Miss 林所迷惑！实在说，除开你的太浪漫这一点，你无论在那方面都可以做这班在攻击你的同志们的领导者。譬如说 C 州革命同志会罢，这个会差不多是由黄克业和你二人缔创的。本来你在这个会的历史方面和一向的努力方面说，当然不失是一个领袖人才；但一二个和你意见不对的人却都利用你和 Miss 林恋爱这件事来做攻击你的材料。他们说你只配勾女人，不配干革命事业！……实在说，你和 Miss 林也确实有点太亲密了。本来恋爱我是赞成的，但你又何必和这样一个寻常的女子情热起来呢？她又不见得有什么漂亮的地方；你为她的缘故，会牺牲你的家庭，牺牲你的革命事业；这又何必呢？"……

霍之远对他的老友的忠告，觉得很有采纳的必要。但，当他碰着林妙婵时，他又有点混乱，把一切都忘记了。

这天，是星期日上午（那是在他的热病已经痊愈的二个星期后），林妙婵照例地来到 S 大学找他。他正在看着《the strugle of the-Class》一面在打算到菲律宾后对那儿的情形应该怎样处置。

——对那儿的群众大会，我应该有了一场怎样动人的演说。演说时，我的态度应该怎样慷慨激昂。我的演说的内容，每句话都要怎样打动听众的情绪。对那方面的纠纷，我应当调查它的真相，极力调解。万一纠纷不能停息时，惟有在当地开代表大会解决之。……根本的办法，我应当把那儿的工人统统组织起来，并且设法联络菲律宾的民族一同去干着反帝的工作！……

"哥哥！今天是星期日了，你也应该休息一会儿才是！你看，楼外的阳光映着树叶成为黄金色，天气是多么好呢！到外面逛一逛去罢，那一定是很有趣的！"林妙婵说完，把头靠在他的肩上。

"好的！我也很想到外面去跑一回去！你昨天晚上回去的时候赶得上点名吗？——实在说，你们的学校也太没有道理了！你们的教务长，尤其是荒唐！说什么你们一天到晚都是在找情人，所以晚上偏偏要点名！这真滑稽，找情人便找情人，这难道是什么了不得的坏事吗？——哈！哈！最可笑的，是你们 G 校门首，还贴着"男女授受不亲，来宾止步！"那几个大字哩！……"霍之远答。

"哎哟！你又来了！你又在这儿吹牛了！我们学校的门首那里有贴着像你所说的那几个字样！前几天因为有许多军人到那边白相去，教务长见他们嬉皮涎脸不成事体，便写了一条字条，贴在宿舍门首，写的是，"女生宿舍，来宾止步！"并不像你所说的一样滑稽！"

"算了！那不是一百步和五十步么？我请问你，你们这班姑娘是不是在干着妇女解放运动呢？你们不但自己要解放，当然毕了业以后还要到民间去，还要深入民众里面去干着你们的妇女解放运动的工作。那时候，你们的脸上是不是还要写着"此是女学生，来宾止步呢！哈！哈！……"

"唏！唏！你这个真是越来越坏了！横竖那张字也不是我写的，有道理也好，没有道理也好；我是不负责任的。现在去吧！我们到外逛游去罢！"

他们这样戏谑了一会之后，霍之远便穿衣纳履，忙了一会，拉着林妙婵的手跑向街上去。

他们先到第一公园去，在那儿坐了约莫一刻钟以后，便一道到雅园挥发去，挥发后，他们便一道到 F 古园去。

F 古园，在六榕塔对面。原来是一个旧使署，现在可是荒凉了。但，那种荒凉特别饶有幽趣的。在那儿，落叶积径，没有人来把它扫除；苔痕在空阶上爬满，这时已是憔黄了。在那儿，有千百株交柯，蔽日的老树，树身上缀满青藤，翠蔓。这些老树荫蔽下的小径，是这样幽深，这样寂静。在那里走动着时，便会令人忘记现在是什么时代；便会令人想到太古的先民在穴居野处，有巢氏构木为巢的情调上去；便会令人想到中古时，许多避世的贤人在过着他们幽栖生活的情调上去。在这森林里面，风吹叶动，日影闪映，都会令人想到鬼怪的故上去。要是在星月闪璨照耀的夏夜，到这儿来散步，定会碰到像莎士比亚所著的《夏夜之梦》里面一样的鬼后，而且演出一场滑稽剧出来了。

在这个千百株老树掩蔽着的小径上走过去，便是一个绿草如秧的草场。这草场四面都围着茂密的大树，倒映着一个蔚蓝的碧落；碧落上，云影，日光，都在这草地上掠过。在那云影日光之下，令人想起遗世绝俗的生活，也有它的可以羡慕的地方来。但，这自然只是一个梦境，这梦境只可于中世纪求之；现在自然是说不到这些了。

霍之远和林妙婵两个人在这 F 古园游耍了一会，觉得真是有趣。他俩都在草地上坐下，脸儿红红的在谈着话。

"婵妹！跟我一块儿到菲律宾去罢！"霍之远说，这时他坐在林妙婵的背后，下体和她的臀部挤得紧紧，两手按摹着她的乳部。他的情态醉迷迷地，两眼尽朝着她望。

"好是好的！但，我的父亲和母亲恐怕不答应我！"林妙婵说，她全身乏力，挤在霍之远的怀里。她的脸，全部羞红了，格外显出娇怯柔媚。

"不要紧，只要你肯答应，你的父母亲方面当然是不成问题的。到菲律宾去很不错，那儿听说风景很好，气候亦很温和呢。——不过，随便你罢！不去，也不要紧的。"霍之远赌气说，不再拥抱着她了。

"去的！去的！你的性情真是太急了呢！"林妙婵说，她用力把他抱住，在他的额上接了一个吻。

"唉！我们俩这样不明不白的混下去，终非结局！"霍之远慨叹着说。

"这话怎讲？……"林妙婵问。

"……"霍之远沉默着。

"我们俩这样做着朋友，不可以吗？"

"……"霍之远仍然是沉默着。

"请你说，我们将来要怎么样才好呢？"林妙婵坚执地问着。

"唉！我想你一定已经明白了！"霍之远涨红着脸答。

"我一点儿也不知道！你说，我们俩将来要怎样结局才好呢！"

"我们俩快要离别了！离别后，……唉！那亦是……"

"说不定，我也能够跟你一块儿去呢！"

"你不去也不要紧，我俩终有分手之日呢！……好！实在说，要这样，才算是个革命家啊！……"

"你的话到底是什么意思呢！是不是我有了什么对不住你的地方呢？"

"你当然没有什么对不住我的地方！我一向都是很感激你呢！不过，我们俩的关系我终觉得有点……"

"你为什么这样不坦白呢！……唉！你的家庭的情形我已经知道了！我俩……唉！"

"难道我俩就这样下场吗？我想，我们不当这样懦弱！"

"能够和你始终在一处，那当然是好极了！但，那是太把你的家庭牺牲了，我觉得终是有些不忍！"

"唉！我只是恐怕你的心里难过；你如果能……那，也好！唉！好妹妹！这样最好，我从明天起，便永远不和你见面了！好！我们分开手各干着各的革命去罢！"

"呃！呃！呃！……"

"唉！不要哭！我的性格是这样；我是个极端不过的人，我们要分开手便赶紧分开手罢！"

"呃！呃！呃！……"

"我现在对一切都不客气了！我对旧家庭预备下抛弃的决心了！我对我的爱情也是可以抛弃的！只要对革命有利益，一切我都不管了！你对我那种深刻的爱，本来我绝对是不能忘记的。但，如果你觉得还有些怕人攻击不敢干下去的意思；那也随你的便罢！"

霍之远这时躺在草地上，他的心一阵一阵的悲痛。他想如果能够和林妙婵分开手，实在也是很不错。但，他想到分手后两人间的凄楚的回忆，便不禁打了几个寒噤！

"啊！薄弱！"他自己嘲笑着自己说。

过一了会，他又和林妙婵讲和，彼此搂抱得紧紧；脸上都溢着微笑了。

"我们依旧做好朋友罢！我们也不要牺牲爱情，亦不要牺牲革命。"他向着她说。

他们回去的时候，斜阳已经软弱无力了。

十

又是两个礼拜过去了，霍之远还未能领到护照，只得依旧在 C 城羁留着。这时候，林小悍已到暹罗去，十多天了；罗爱静也已经由他介绍，一同在 × 部里面办公。郭从武也由他介绍，这几天便预备到安南去。

霍之远现在的脑海里愈加被革命思潮填满了。他现在很积极；他的人生观现在已变成革命的人生观了。

那天，在林小悍将离开 C 州到暹罗去的离席上，他对着他的几位好友和几位同乡，半宣誓，半赠别似的这样说道："这时候，是我们的老友将要去国的时候，在这秋深送别的离筵上，要在平时，我们一定是要流泪，一定是要喃喃地说了许多温柔体贴的话头。现在，可是不同了。现在我们都已经是革命战阵上的战士了！我们现在欢送这位老朋友到异国去，无异说，我们要这位十分努力的革命战士把这儿的革命的力量带到异国去一样！我们饯别这位老朋友，不是简单地因为和我们有了情谊上的关系。他现在已经是站在党国的，民众的利益上去做他的冲锋，陷阵的革命工作了；所以我们站在党和民众的立场上，更加要把他饯别一下，做我们的一种热烈的表示！我们希望他始终能够做一位勇猛的战士！死则马革裹尸而归，我们不客气的祝他能够为民众而死！真的！为民众而死！为民众的利益而死！这是件光荣不过的事！我们希望今天在这里喝酒的同志，一个个在革命的战阵上都有断头将军的气概！林同志现在要到国外努力去，我们依旧在这国内努力；在经纬线上虽有不同，但我们的精神却是始终不可不合成一片的！……"

他对林妙婵的态度，依旧热烈；但她的太柔顺的，太懦弱的，太没有主意的性格时常使他得到一种反感。可是他依旧很爱她。有时，他反而觉得她那种含羞而怯懦的表情，那种不敢痛痛快快干下去的固执性，特别地可以造成他俩的爱情的波澜。他觉得爱情是应该有波澜的，应该曲折一点才是有趣味的……

她爱霍之远，几乎爱得发狂。她要是几个钟头没有看见他，便会觉得坐立不安。她天天晚上都到 S 大学来找他，早起的时候，也时常来找他。她日常替他做的工作都是一些最亲密和体贴不过的工作：——譬如替他摺被扇蚊子，扑杀臭虫……等事。拥抱和接吻，更是他俩间的家常便饭。但他和她谈及婚姻问题时，她始终是这样说：

"我和你一定不能达到结婚的目的！我和你结婚的时候很对不住你的夫人，对不住你的父母！——可是，我无论同任何人结婚，我敢说都是形式上的结合，爱情一定没有的。我——唉！我！我在这世界上始终惟有爱你一个人呵！……"

几天前！他俩一同到镜光照相店去拍着一张纪念爱情的相片。那张相片拍的时候，他俩挤得紧紧，两对眼睛都灼热地相视，脸上都含着笑。在这相片后面，他俩这样地题着：

"为革命而恋爱，不以恋爱牺牲革命！革命的意义在谋人类的解放；恋爱的意义在求两性的谐和，两者都一样有不死的真价！"这张相片仅洗了两份。霍之远把他份下的一张放在枕头下面。每当中夜不寐，或者在工作疲倦之余，他常把它偷偷地拿出来，出神地欣赏了一会。

这晚，是个大雷雨之晚，林妙婵依旧在霍之远的室里坐着。陈尸人机械地在做着他的论文；他做的都是一些不通和反动的论文，便他因为做得很多，所以社会上有许多人在赞许他是个了不得的革命家，一个饱学的革命论文家！

霍之远很感觉到有兴趣地站立在楼栏里面，听着雷声雨声，和看着电光。他把头发弄得很散乱，口里不住的呼啸着。

"呵！呵！伟大！伟大！呵！呵！雷呵！雨呵！电光呵！你们都是诗呵！你们都是天地间最伟大的文学作品！你们都是力的象征！都是不屈不挠，有声有色的战士！呵！呵！我在这儿听见你们的斧凿之声！听见你们在战场上叱咤喑呜之声！听见你们千军万马在冲锋陷阵之声！我在这儿看见你们的激昂慷慨的神态！看见你们独来独往的傲岸的表情！看见你们头顶山岳，眼若日星的巨大的影子！

你们都是诗的！你们的声音，你们的容貌，你们的行动都是诗的！啊！啊！只有你们才是伟大！才是令人震怖！……"

"哥哥！进来罢！莫只管站在楼栏发呆！你的外衣都给雨水湿透了！……"林妙婵说，即时把他拉到室里面去。

"啊！伟大！伟大！我们的人格，要像这雷，这雨，这电光一样才伟大！啊！伟大！被压逼的十二万万五千万人要像这雷，这雨，这电火，起来大革命一下才伟大！……呵！呵！伟大！伟大！"霍之远继续说着。

"啊！伟小！伟小！你这样发呆连外衣都给雨水湿透，才是伟小呢！嘻！嘻！"林妙婵吃吃地笑着，她把他的外衣脱去，挂在衣架上。

"啊！妹妹！我们不要懦弱了！我们还是干下去罢！你那种态度，我很不敢赞成的！你何必把你一生这样的糟塌！来！我们手挽着手，冲锋陷阵罢！我们要在荆棘丛中去辟开一条大路；要在社会的诅咒声里去做我们的光明磊落的事业。我们应该前进，永远地前进，不应该退缩！……啊！妹妹！妹妹！你听！窗外的雨声是怎样的悲壮，雄健；雷声是怎样地惊魂，动魄；怎样的亢越凄紧，你看，看那在夜色里闪烁的电光，是怎样的急骤，而威猛！你看，现在那电光又在闪着了！啊！啊！伟大！啊！啊！我们不应当更加奋发些儿吗！不应当更加勇敢些儿吗？……"霍之远很兴奋地说。

"唉！你叫我怎样努力呢！我的父亲是很严厉的！我的母亲也是异样地固执！……前几天他们才寄来一封信，嘱咐我不可轻易和男性接近；并且要我回到蔡家守贞去呢！……唉！……"林妙婵答，她的声音急促而凄楚。她说后，不住的在喘着气。

"啊！哟！守贞！守贞！哼！……在这儿我们可以更加看出旧礼

教狞恶的面孔了！这简直是要把你活生生地葬入坟墓里面去！唉！可恶的旧礼教！我们马上要把它打倒！打倒！打倒！我们一定要把它打倒才好的！妹妹！还是向前走罢！只有向前才是我们的出路！……！向前！向前地跑上那光明的大道上去！向前！……啊！妹妹！我现在已经勇气万倍了！我现在的思想已经很确定，对于社会的分析，已经很明白了！我们要做一个出生入死的革命家，我们的目标是要把一切腐旧的，虚伪的，不合人性的，阻碍文化的，隔断我们到光明的路去的旧势力，旧思想，旧礼教，根本地推翻！我们不但在旧社会的制度上要革命！我们的一切被旧社会影响过的心理，习惯，行动也都要大大地革命一回才行的！……啊！啊！这时代是个新时代！是个暴风雨的时代！我们！我们不应该再躺在旧制度之下呻吟了！起来！起来！勇敢些儿罢！奋发些儿罢！妹妹！我始终愿和你一块儿去向旧礼教挑战的！看哟！我现在是勇气万倍了！……"霍之远用着高亢的声音说，他展开胸脯，迈步踱来，踱去，态度异样勇敢，奋发。

"唉！哥哥！我始终是觉得没有勇气的！你还是把我忘记罢！我们以后不要太亲密了罢！我愿意始终做你的妹妹！但，我们两人想达到结婚的目的，我想无论如何是不能够的！……"林妙婵答，她的态度很冷静而颓丧。

"不可以吗！唉！那也可以！随便罢！我也不敢太勉强你呢！唉！我从来是未曾勉强过一个什么人的！好罢！我们以后不要太亲密罢！这当然也是一个办法的！以后，你也不必时时到我这里来找我，我当然是不敢到你那边去找你的！好！我们两个人便这样下场罢！横竖我们终有分手的日子呢！……唉！我究竟是一个傻瓜！我一向多么不识趣！好罢！现在我也觉悟了！我再也不纠缠你了！我再也不敢和你太亲密了!"霍之远带着愤恨的口吻说,他的两眼包满了热泪,几乎就是看不清楚站在他对面的是谁了。他越想越气愤不过,匆遽地走到榻前去把他枕下的那张相片拿到手里说:

"这张相片尤其是太亲密的!你看!我现在把它撕开了!"他说着,把它一撕,撕成两片,又是一丢,掷在楼板上。

林妙婵面如死灰,坐在霍之远的书桌前只是哭。她哭得这样伤心,好像即刻便要死去一样。

霍之远也觉得很伤心,他的态度变得异样懊丧。他把她肉贴肉的安慰了一回,她只是不打理他。

"便算我所说的话完全是错的!原谅我吧!我们依旧做好朋友罢!亲密一点不要紧罢!……唉!唉!我的意思本来是说,我俩既然有了这么深厚的爱情,便应该勇敢的干下去,不顾一切!我们如果终于要分开手来,便索性从今晚分手,反而可以减少了许多无谓的缠绵!……唉!不要哭得这样伤心吧!有什么意思,缓缓讲吧!我始终是服从你的意思的!……唉!好妹妹!亲爱的妹妹!不要这样哭,你的身体本来已经是单薄了!唉!不要哭!千万不要哭!别把你的身体太糟蹋啊!唉!唉!千不是,万不是,还是我的不是呢!……"霍之远说,用手轻轻地在抚着她的腰背。她依旧不打理他,依旧很凄凉的在哭着。

"唉!妹妹!你终于不打理你的哥哥吗?你哥哥告诉你的说话,你终于一点儿都不听从吗?……唉!……"

她忽然立起身来,向他一句话也不说的,便要走回去。她的身体依旧抽搐得很厉害,她的脸色完全和一个死人一样。

"你便要走回去吗!雷雨这样的狂暴!你的身体抽搐得这样的厉害!……"霍之远吃吃地说着,用力挽着她。

她推开他的手，喃喃地诅咒着；头也不回地走出房门外去。霍之远本能的跟着她走出。他恐怕她这样走回去，一定会在街上倒下去。"妹妹！回来罢！"他用力挽着她的手，本能地说着。

她极力抵抗着，几乎要叫喊起来。他只得放开手让她走去，一面仍本能的跟着她后面。

这时候，霍之远的脑里，有了两个矛盾的思想。……

第一个思想是；——让她去罢！索性地从此和她分手！她根本是一个薄弱不过的女子！她始终是一个旧礼教下的奴隶！她根本是个不能够干革命的女人！让她滚到地狱里面去罢！

另一个思想是，——她真可怜！她爱我爱到一百二十分，我不能够让她这样的伤心，这样的失望，而不给她多少安慰！我应该依旧的鼓励她，指导他，应该拉着她一同跑到革命的战线上去！

结果，后面这个思想佔着胜利了。他跟着她一步一步地跑向她的学校去。在路上他俩的雷雨之下共着一把雨伞，把衣衫尽行湿透了。

她的学校是在 K 党部里面。K 党部离 S 大学不过一箭之遥。不一会儿，他俩像一对落水鸡似地，到了 K 党部门首了。

"回去罢！用不着你这样殷勤！"她啜泣着说。

"唉！你还不知道我的心儿怎样苦呢？……唉！我还有许多话要和你讲，我们一块儿进去罢！"霍之远柔声下气的说。

K 党部是省议会的旧址，门口站着两个卫兵；面前有一列栏杆式的矮墙；进门最先看见的是左右两旁的葱郁的杂树，再进二三十步，便是党部里面的头门，在檐际挂着一块大横牌，写着中国 K 党部中央执行委员会。头门两旁，一边是卫兵司令室，一边是通报处。从这头门向前走去，又是四五十步的样子，才到了第二座大屋上。

这座大屋，是一列横列的大厅房，庶务处，被压迫民众联合会，工人部，农民部都在这里面办公。由这儿再向前面的一列走廊跑，两边是两个莲塘；在这莲塘尽头处再走十几步，便有一个圆顶的大礼堂。大礼堂的两旁有千百条柳树，柳树尽头处便是两列旧式的洋楼。G女校的教室和宿舍便都在这大礼堂左边的一列旧式洋楼里面的。这时候，这些黑色的屋瓦，蓊郁的杂树，垂垂的柳丝，待残的荷瓣，大礼堂褐色的圆顶都在雷雨，电光下面闪映着。……

霍之远和林妙婵一同进到这K党部里面了。林妙婵依旧在啜泣着，可是她的腰部和臀部紧紧地挤着霍之远身上了，她的脸色比较没有刚才那么苍白了，她的身体渐渐恢复着平常的状态，没有抽搐得那么厉害了！

霍之远平心静气地把她劝了两个钟头。他说，他可以牺牲一切，他可以牺牲家庭，可以牺牲名誉，可以牺牲性命去爱她。他说他可以做她的哥哥，做她的情人，做她的丈夫，如果她觉得那是必要的时候。他劝她不要太薄弱，不要在旧制度下呻吟！他劝她从今晚愈加要谅解他，和他爱好起来！

最后，他俩在雨声，雷声，电光里面接吻着，比平时加倍销魂，加倍热烈的接吻着。她承认她一向太薄弱，她承认今晚是她自己的错误。她恳求他原谅她，怜悯她。

"哥哥！你回去罢！唉！你的衣衫都湿透了，别要着了凉！唉！你一定很冷了！……"她说着，把他抱得紧紧。

约莫十一点钟的时候，霍之远才从K党部里面跑出来。雷雨依旧很狂暴，他的心头觉得异样快适，好像战士从战阵上战胜归来一样的快适。

"啊！啊！干下去！向前飞跑罢！向前飞跑罢！"他下意识的自

语着，一步一步地走向大雷雨里面去。

<h1 style="text-align:center">十一</h1>

霍之远前后亲自到美使署去几次，白受了几场气，始终领不到护照；现在他决定不到菲律宾去了。

时候已是初冬了，梧桐叶凋黄殆尽，菊花却正含苞待放。（这儿所说的，自然是 C 城的现象。）黄花冈的黄花依旧灿烂，珠江江岸的丝柳却已摇断许多人的情肠了。要在平时，这种时候正是霍之远病酒怀人的时候，正是他悲天悯己的时候。去年在这个时候前后，他还是拼命在饮酒赋诗。现在我们如果把他的书箱开出来，还很容易便可发见他的书箱里面依旧放着一部旧的诗稿，那部旧稿的第一页题着"野磷荒萤"四个一寸见方的字。里面有一首七绝诗和一首七律诗，是他去年这个时候前后写下的。那七绝写的是：——青灯照梦，微雨湿衣，远念旧人，不禁凄绝！成此一首，聊以寄情。"病骨不堪壮几后，新诗吟就好花前；旧人应在海天外，细雨微寒被酒眠！"那七律写的是：——白菊花。"傲骨千年犹未消，篱边照影太寥寥！生涯欲共雪霜澹，意气从来秋士骄；如此夜深伴皓魂，更无人处着冰绡！绝怜风度足千古，不向人间学折腰！"

可是，这时候，他和作这两首诗时的态度，完全变成两个人了！他现更加不顾一切了！在几天前他已经和罗爱静一同加入资本社会所视为洪水猛兽的 X 党去了。

X 党的党员全世界不过二百万人，但这二百万人欲已经能够令全世界的帝国主义者恐怖！这二百万人者是全世界工农被压迫阶级的先锋队！他们都预备掷下他们的头颅去把这个新时代染成血红的时代！他们都预备牺牲他们的生命去把统治阶级彻底地摧倒！他们都是光明的创造者！他们都是新时代的前驱者！

一个多月以前，他对 K 党的组织，便起了一个很大的怀疑。他觉得 K 党虽然是个革命党；但未免有点人品复杂，脚色也忒混乱了。他觉得 K 党只可算是个农工商学各阶级的联合会；不能算是一个真正的党！他觉得 K 党内面各阶级的矛盾性，和冲突性无论如何是不能消除的！因此这个党，根本上便有了一个致命伤！因此这个党便没有统一的目标和统一的指挥之可能！既然是没有统一的目标和统一的指挥的可能，因此便不能成其为党了！

自从那个时候起，他便和罗爱静，林小悍，郭从武几个人组织一个社会科学研究会。他们对于资本论，和其他各种社会学都有了相当研究，因此，他们对 K 党愈加怀疑，倾向 X 党的心理亦愈加坚决了。后来，因为工作上的关系，林小悍到暹罗去了，郭从武到安南去了，这个研究会也就无形取消了。但自从那个时候起，他们的决心却都已经不可动摇的了。

林，郭去后，霍之远和罗爱静同在 X 党部办公，对这个问题，更加狂热地讨论过，结果，他们觉得绝对地没有疑义了，便都在前几天加入 X 党去；介绍他们加入这个 X 党的，便是黄克业。

黄克业是 X 党的党员，霍之远一向并不知道。他是个老练的，深沉的，有机谋的人物。他和人家谈话时，只是把他的眼睛频频地闪着，把他的头时常地点着；他绝少发表议论。他本来又是机警，又是灵敏；但他却要故意地扮成一个愚蠢的样子。

他和霍之远，罗爱静相处很久；他始终是他们的思想的指导者，但他却很巧妙的把他自己的色彩掩盖，直至他们加入 X 党之后，才知道原来他是他们的介绍人，而且他是那个支部里面的书记。

加入 X 党的那天晚上，是给他一个怎样深刻的印象啊！那个印象是令他一生都不会忘记的！

那天晚上，黄克业约着他和罗爱静七点钟到 X 党开会去。可是林妙婵已经照例地到 S 大学来找他，她要他带她到公园谈谈话去。他一心在依恋着她，一心却又在记挂着开会。"到公园谈谈情话去好呢？还是到 X 党部开会去好呢！"他踌躇了一会，终于撇下林妙婵跟着罗爱静一道到 X 党开会去了。

罗爱静穿着一对破旧的黄皮鞋，头上的头发稀而微黄，脸色苍白，鼻上挂着近视眼镜，他的全部的神态文弱而秀雅。他行路时，两只脚跟相向，足尖朝外，成为一个八字。他穿着一套不漂亮的锁领学生装，望去好像邮政局里面的办事人员一样。他的性质很坚苦，很沉静，有一点俄罗斯人的色彩。

X 党部总机关就在 S 大学的前面，距离 S 大学不过几十步之遥。它是在一家鞋店的二层楼上面，又是冷静，又是阴暗，又是幽森！这机关里面的陈设异样简陋，异样残破，墙上只贴着一些"大革命家"的画像，旁的装饰，一点也没有。

霍之远和罗爱静跑向这里来的时候，路上恰好碰着黄克业。黄克业把头一点，憔黄的脸上燃着一点笑容；跟着便把他的短小的身体挤到他俩中间来。

"你们来得很早。"他的声音尖锐而响亮。

他穿着一套用几块钱在四牌楼买来的黑呢中山装，脚上包着一双脏破的黑皮鞋，行路时头部时常不自觉地在摇动着。这种摇动好像能够把他的脑里的过度的疲劳摇丢了去似的。因为他在工作最忙的时候，惟一的休息，便只是摇头。他天天都有摇头的机会，他的摇头的习惯便这样的养成了。

他们第一步踏入 X 党门首时，霍之远的心里便是一跳。

"啊！啊！好了！我现在踏进这个最革命，最前线，最不怕牺牲，最和旧社会作对头，最使资本帝国主义者震恐的革命团体里面来了！我是多么快乐！我的快乐比较情人的接吻，比较诗人得到桂花冠，比较骑士得到花后，比较匹夫得到王位，比较名儒得到在孔庙廊下吃生牛肉都还要快乐万倍啊！……"

他感情很兴奋地这样想着。

当他进到里面见到许多同志们都在那里走动着时，他的心老是觉得很和他们亲热起来！他觉得要是能够和他们一个个抱着接了一回吻，好是一件怎样快乐的事啊！

"啊！啊！我！我心里的手和你们的手紧紧握着一回罢！我和你们都成了好兄弟了！我和你们都成革命队里最英勇的战士了！"他不停地在自语着。

当他看见二三个女同志在他面前走过时，他脸上一热，觉得更加和她亲热起来；他想赶上去叫着他们"姊姊！妹妹！"他想如果可以和她们拥抱时，他很想和她们热烈的拥抱着！

"啊！啊！英勇的姊妹们！可敬佩的姊妹们！你们已经是先我走到这儿来了！啊！啊！伟大！伟大！你们这些女英雄都是值得崇拜的！"他几乎把这几句话向着她们说出来了。

"老霍！你的心中觉得怎么样？"黄克业问，他这时正在一只蹩足的藤椅上坐下，把他的近视眼镜拿开，用手去擦着他的眼睛。

"我觉得很快乐！啊！啊！我觉得有生以来，今晚是最快乐的一晚！……"

罗爱静苍白的脸上也燃着一点笑容。他在室里踱来，踱去；把他的左手的第四个手指的指甲时常的拿到嘴里咬着。

"啊！老霍！我们握手罢！"他朝着霍之远伸出他的手来，这样说。……

现在差不多开会了，这支部里的人差不多统统到来了。这支部的名字，叫 K 中支部；到这里来开会的都是 K 党中央的职员多。

这支部的人数比较少，里面有一个五十多岁，外貌清秀而性情温和的老人；有一个十七八岁，大眼睛，举动活泼的少女；有一个三十多岁，状类戏台的大花脸的中年人；还有几个和霍之远年纪相差不远的少年，状类学生。

黄克业是这支部的书记，开会时亦是由他做主席。这时候，他点着头，挂上近视眼镜，用着他尖锐的声音，作了一场政治报告。那报告是把帝国主义欧战后的经济状况和侵略殖民地的手段比较一番，最后是这样说：

"欧战后，资本帝国主义者差不多都破产了！那时候，可惜各国的社会党人意见很分歧，不能集中力量去把那些垂死的资本帝国主义者根本推翻，他们大都还不能打破国家的迷梦；结果，他们便大多数给那班统治阶级利用去了。现在这班资本帝国主义者的经济力量差不多都恢复了，自然是工人愈苦，资本家统治阶级愈加骄奢淫逸起来了！许多从前被政府利用去的社会党人到这个时候才开始地在悔恨呢！经过这一次的经验更加可确定我们党的政策，更加可以证明我们的党的彻底不妥协的精神是十分对的！我们的党是世界最进步的党，它将把全世界被压迫的普罗列塔利亚和弱小民族，领导着用着科学的方法，照着客观的环境，彻底地，永远不妥协地去把这些资本帝国主义者根本打倒。……"

在这场政治报告之后，跟着便是同志间互相的批评。在这样的会场里面，整整的过了两三个钟头，霍之远觉得意气奋发，精神百倍；他竟把林妙婵在 S 大学等候他这回事忘记了！

"啊！啊！这才是我的生活呢！我的生活一向都在无意义的伤感，无意义的沉沦里面消磨过，那实在是不对的！啊！啊！这才是我应该走的光明大道呢！我一向的呻吟，一向的到坟墓之路去的悲观色彩，一向的在象牙塔里做梦的幻想，统统都是不对的！……啊！啊！快乐！快乐！我今晚才觉得'真'的快乐呢！……"他老是这样兴奋的思索着。

散会后，他和罗爱静，黄克业走下楼来，在那有月亮照耀着的街上走着，他的心还突突地在跳着。……

十点钟的时候，他回到 S 大学去，林妙婵一见面便把他这样质问着："讨厌我吗？我以后再也不敢来找你！……"她眼里包满着热泪，面上溢着怨恨的表情。

"亲爱的妹妹！对不住得很啊！我到街上去，恰好碰见一位朋友，他很殷勤的拉着我到茶室里谈了这二三个钟头，才放我回来！啊！啊！真是对不住得很呀！……"霍之远乱吹着一回牛的，陪着罪说。

"唉！你不知道我等候得怎样难过呢！……你自己晓得快活，撇下我一个人在这里受罪！你好狠心呀！"林妙婵说，她的声音中有点哭泣的成分。

"到外边玩去罢吧！外边的月色很好！"霍之远说。

"不去了！我要回学校去！"林妙婵答。她还有些怒意。

"到 C 州革命同志会旁边那个草场上玩玩去吧？那一定是很不错的！"霍之远再要求着，拉着她走出房外。

"讨厌！第二次，你如果再是这样的对待我，我便不搭理你了！"林妙婵说，她的怒气完全消解了。

"不敢的！哥哥以后一定不敢再这样放肆的！好吧！不要说这些闲话，外面的月色好极了，我们到外面去吧！"霍之远用着滑稽的口吻说。

这一晚，他和林妙婵在外面玩到十二点钟的时候才回来；在落叶声，喷水声，和犬吠声的各种催眠声里，他睡下去了。在梦里，他梦见他的身上缚着十几个人头，那些人头都是从统治阶级的大人物头上取下来的。……

十二

X 部招生，它要在最近训练一班学生，预备派他们到海外工作去。这训练班的名字叫海外工作人员训练班。部长虽然名义上是这训练班的负责人，但实际的工作却落在黄克业和霍之远的手里。这训练班的意义和责任都很重大，它是负有整个的华侨革命运动的使命的；它一面对中央负责，一面要使十万华侨党员，九千万华侨民众都革命起来，都来帮助 K 党完成国民革命的工作的。

霍之远现在很忙碌，他渐渐地染着黄克业的摇头的习惯了。他一方面要帮忙创办这个训练班，一方面要办理部务，另一方面又要参加各种民众运动。他整天的忙着干事，从这里跑到那里，办完这件事，便又办着那件事；他差不多和黄克业一般连休息的时间都没有了。但，他的心里，却觉得异样的快乐。他这种快乐完全建筑在他的努力本身上。他时常觉得光明不久就会来临，大地的妖氛不久便会消灭净尽。他时常觉得革命势力一天一天地增涨，反动势力一天一天地消沉，革命成功的日子大概不久便可达到了。

他自从加进 X 党后，对于革命的见解和办事的手腕都有了很大的进步。他很想把林妙婵也拉进 X 党去，因为他觉得林妙婵的思想近来比较也很是进步了。他想，只有把她拉到这革命党里面来，才能够把她训练成为一位英勇的战斗人员。

他自从有了这个意思之后，和她谈话时的态度和论点便都故意对她下了许多暗示。她把对主义上所发生的各种问题向他质问时，他都向她解释得异常透辟。他时常地向着她这样说：

"个人主义的时代已是过去了！我们不能再向坟墓里去发掘我们的生活！我们不能再过着浪漫的，英雄式的，主观独断的生活了！这时代，是大革命的时代！是政治斗争最剧烈的时代！这时代，把一切的人们分化得异常厉害；不是革命，便是反革命！再没有中立之地位了！我们如果不愿意做个反革命派，便须努力去革命！我们如果要革命，那我们对于革命的理论，革命的策略，革命的手段，便都要彻底明白了才好！同时，我们的人生观便绝对需要革命化，生活便绝对需要团体化，意识便绝对需要政治化，行动便绝对需要斗争化！要这样，我们才能够做一个真正的革命者！才能够在时代的前头跑！……"

她对他所说的都很明了。她很急切地想做一个真正的革命者。她时常向他表示她决心加入 X 党了。她说：

"我已愿意抛弃家庭！愿意站在普罗列塔利亚的立场上去做一个彻底的革命者！我已经预备着为民众而牺牲！为民众的利益而牺牲了！……"

这一天晚上，他们一同找谭秋英去。谭秋英也在 G 校读书，这二三个月间她大努力起来，时常代表着 C 校在二三十万人的群众大会的演说台上演说。她和霍之远，林妙婵接触的机会很多，感情很是不错。

她的态度很沉静，但却很活泼；她穿着一套黑布衣服，妆束和一个女工差不多。她住的地方是在一座破旧的楼上，那儿又是脏，又是黝暗，又是一点陈设都没有。她的书桌上很散乱地放着许多主义类的书籍。

她的嫂嫂，和她的几个侄儿也在这楼里面住着。这横直不够二丈见方的地方住下这么多人！婴儿排泄尿屎之场在这儿，他们吃饭的地方也在这儿，她嫂嫂的卧室在这儿！她自己的书房和卧室也在这儿！

霍之远和林妙婵在她这儿坐了一会，便和她一道到街上去。街上的月色很是美丽。

"Miss 谭！近来真系努力咯！我有好几次在群众大会处撞到你系度演讲，真系使得罗！"霍之远向着谭秋英说。

"真笑话！霍先生！我喺嗰度乱岳（讲）几句鬼咁唔通慨说话，你话我的演讲使得！真系笑话罗！"谭秋英答，她身上洗着银一般的月光，脸上溢着一层微笑。

"唔使客气咯！边个（那一个）唔知你谭女士系个演讲大家呢？"林妙婵搭着谭秋英的手腕说，她的纤小的影子在银辉里面一扫，显出很是玲珑可爱。

"你里（这）个鬼，真系可恶！成日拧我来讲！睇！我灭烂（撕破）你里把嘴！"谭秋英，抢上前去，把林妙婵的嘴轻轻的一撕。

"哎哟！救命呀！……"林妙婵喊着。

"救命！睇你里个鬼几无中用！霍先生！你睇！你的爱人咁可怜，你重唔快的来救渠？……"谭秋英的两只像水银一样闪着的眼睛，向他就是一瞟。

"Miss 谭！你点解咁样乱讲廿四呢？（你为什么这样胡说？）你又点解会知道我系渠的爱人呢？"霍之远很亲热地把谭秋英望着一眼。

他们从小东门到惠爱路。从惠爱路到双门底，在灯光，月色，人声，车影中跑了好一会。

"到公园去荡其一荡，好唔好呢？"霍之远改变谈话的倾向说，他的态度很是舒适闲暇，眼睛不停的在望着屋脊上的月光。

"好慨！………"谭秋英拉长声音说。

银雾一般的月色把整个的公园笼罩着。园里面的大树，因为太高，好像把碧空刺破了似的，这时也正沉吟无语，在贪图着嫦娥的青睐。几百株槐树，梅树，桃树，相思树，梧桐树也像觉得韶光易老，好景无多；都凝神一志的在谛听这无声的月光之波。一切的杂花，杂树，草叶藤蔓都躺在梦一样的美丽的园境里。这一切都是耽美主义者，他们都超出了时代的漩涡。

在一条花巷里面，他们三个人坐下来了。月影透过花缝的各个小孔成为一个一个的鸡蛋大小的椭圆形的影子，在他们的面上和衣衫上荡动着。

"Miss 谭！我有一件事要同你商量，唔知道你肯唔答应我呢？"霍之远含笑向着谭秋英说。

"你有什么事见教呢？我做得到，自然答应慨！"谭秋英低下头去把她的裙角一拉。

"我想咁……"霍之远只说了半句，便抬着头在望着月光。

"你想点呢？快的讲俾我听！我好想听你的话慨嗜！……"谭秋英说。

"你的两个喺度讲！我走到第二处去！……"林妙婵用着戏谑的

口吻说，真的立起身来走向前十几步去，在草地上坐下去。

"你里个鬼！真多事罗！嘻！嘻！"她望着林妙婵笑着。

"我想咁！而家里度咁政治环境咁乱，反动派咁紧要；我的想革命又唔知点革好，不如大家加入 X 党去！你话好唔好呢？"霍之远说，把他的手指拗折着作响。

"哎哟！霍先生！你想加入 X 党去咩？危险呀！我话唔好！"谭秋英，把她的美丽的大眼睛一闪，分明露出她话里的反面的意思出来。

"哎哟！谭！请你唔好咁样激我罗！你的意思我限已难（全数）明白左咯！……我想婵妹同你系好朋友，而且你的都在 G 校读书，最好请你时时同渠谈话，拉着渠一路来！……"霍之远拍着她的肩说。他忽然觉得今晚上的她，比平时显得格外可爱了。

"林！我的返去罗！你里个鬼！"谭秋英望着林妙婵拉长声音叫着。同时，她向着霍之远低声说：

"你嘅意思我已经明白左；我自己咁样想左好耐罗！妙婵，一个月来的思想真系进步好多，我同渠再多谈几次话，睇渠的态度点样自讲！……"

"婵妹！唔使咁恶作剧咯！来！我的几个人再行一行！哟！今晚的月色真系漂亮罗！……"霍之远立起身来，走上前去挽着林妙婵的手。林妙婵全身倚在霍之远身上站起来了。

"好！真好！咁样点怕撒娇呢？嘻！嘻！"谭秋英戏谑着她说。

"嘻！嘻！你自撒娇罗！你成日同渠坐埋一堆！……"林妙婵报复着说。

"……"谭秋英沉默着，脸上飞红了。

是晚上十点钟的时候了。园花像都倦眼惺忪，月色更加幽洁如霜。他们一面说笑，一面走出园外。

"Miss 谭！今晚同你讲的说话，请你记住呀！再见！再见！"到 S 大学门首时，霍之远向着谭秋英这样说。

"婵妹！明天再来找我，我有事要和你商量呢！好！现在请了！晚安！晚安！"霍之远搭着她的手说。

十三

海外工作人员训练班开学已经有两三个星期了。校舍就在 K 党部里面。学生一百二十人，都是中学以上的程度；里面华侨子弟的成份最多，其次便是 S 大学预科的学生。

教室门口挂着许多红布题着白字的标语："革命的华侨联合起来！""华侨运动的先锋！"华侨运动的先锋！"奋斗到底！"教室里面也挂着许多红布题着白字的标语，在讲台前，端端正正地挂着一幅总理遗像；像两旁挂着两条红布白字的格言："革命尚未成功，同志仍须努力！"

在这里充教员的，都是一些先进的，富有革命学识的名流；他们大都是 X 党里面的重要人物。其中如教社会科学的张大煊，教农民运动的林初弥，教工人运动的郑新，教帝国主义侵略史的黄难国，教党的政策的鲍朴，都是 C 城有名的革命领袖。霍之远也在这训练班里面教着"华侨运动"一科。同时，他是这训练班的惟一的负责人物，——代主任。

训练班的教务长，姓章名杭生，是个顶有趣的人物。他年约三十，躯体十分高大，麻脸，两只眼睛近视得很厉害，——左眼二千四百度，右眼一千六百度。他是个无政府主义者，在南洋十年，很是出风头；后来他被荷政府拿去坐监，一直坐了三个年头；现在才被逐出境，回到这儿，被称为赤都的 C 城来。他的个性强得很，但并不讨人厌；他的言动浪漫得可怕，他的思想也糊涂得格外有趣。他的性格暴如烈火，但有时却是柔顺如羊。他喜欢踏风琴，喜欢用他嘶破了的，粗壮不过的声音唱着"打倒列强！打倒列强！"这条国民革命歌。他在他卧室里的窗上惯贴上一些格言：最不通而又最令人觉得有趣的是：

"孙中山的精神！列宁的人格！克鲁泡特金的道德？"这一张他最得意的格言。这张格言里面所含蓄着是什么思想，他永远未尝和人家说过。

他对性的要求特别厉害，因为他一向是个独身主义者。他看见一个女性时，无论她是肥是瘦，是白是黑，是老是小，都拚命地进攻，直至那个女性见他便避开时为止。他时常在霍之远面前这样说：

"我的性格所以这样坏，这样暴躁，完全是因为没有一个女人来爱我，来和我同居的缘故！我的半生飘泊，一事无成，也是因为这个缘故！——如果有一个女人来爱我，无论她比我更丑，更老，我的事业的成便因此一定会更大，我的性情便因此一定会变成更温和了。"

他和霍之远的交情很不错。霍之远和他谈话时，他最喜欢问他进攻女性应该用什么方法。

"老霍！告诉我！你进攻 Miss 林的时候用着什么方法呢"这句话，几乎变成他日常向着霍之远问安的说话了。

他的精神很过人，办事很认真；每晨五点钟便起身。起身后，便大踏步在学生的宿舍前摇铃叫喊，把那班学生赶起身来早操。那班学生大体上对他都有好感，虽然有些人在攻击他对待女生的态度太不客气，而且对待学生有些太暴躁！

他！这个放荡不羁的无政府主义者！已经在一星期以前加入 X 党来了！

他第一天进到 X 党里面，当黄克业在作着政治报告时，便在打盹。以后他和人家谈话时，便挺胸搏拳说：

"大丈夫行不改名，坐不易姓，我老章便是 X 党的党员！"

经过黄克业，霍之远和罗爱静几个人几番告诫之后，他才把这个脾气稍为改了一些。

有一天，黄克业，霍之远，罗爱静和他一同去参加海外工作人员训练班的学生的支部会议。一个学生在会议场中批评他，说他的性情太暴躁和脾气太坏。他急得暴跳如雷，几乎走上前去打那个学生。他大声地咆哮说：

"我老章！干就干！不干就跑！我并不喜欢做你们的教务长！我的脾气和性情坏，有什么要紧！我觉得我如果把这些脾气改掉，便不成其为章杭生了！……"

几天前，K 党部北迁，黄克业和罗爱静都随 X 部的部长出发到 H 地去，X 部里面的职员随着出发的很多。训练班的事体很重大，部长和黄克业便极力要霍之远留在 C 城负责任，名义是做这训练班的代主任。

他自从做这训练班的主任以来，很是惶惶恐恐。因为，这时 C 城的政治环境已是渐渐险恶起来。这时 K 党部的地方也已由 C 省党部迁进来办公，这省党部的态度，异样灰色而反动。X 部的后方办事处在这省党部里只占了三间房子。这三间房子里面所含蓄的意义和色彩，在 C 省党部和 C 省的军政界看起来，都有些"红光烛天！"的感想。在政治环境上孤独得可怜的海外工作人员训练班尤其是被称为"X 的大本营！"

全 C 城已在黑暗势力统治的下面了。在这儿有所谓三 K 党，四 Y 团，都是专于军警交结，一致反对 X 党的党团。三 K 党的领袖名叫林殃通，四 Y 团的领袖名叫郑莱顷，他们都是某将军忠实的走狗，马屁的专使。他们都很注意向着这训练班寻隙，在可能的时候，他们便要向这训练班下着毒手。

这训练班里面的学生，X 党青年团的人数占全数十分之四，四 Y 团的人数占十分之三，三 K 党的人数占十分之一。其余的便是一些"无所为"派。霍之远极力向三 K 党和四 Y 团的学生拉拢，他的态度表示得异常灰色。结果，全校的学生感情都和他很好，他的手腕得到一个大大的效果。……

他和林妙婵的爱情现在愈加成熟，有许多人和他们见面时，简直不客气地称呼他们做一对夫妇了。有许多人在背后攻击他们，说他们间一定已经有了不可告诉人的事体发生了。

他和她在最近又有了一场小冲突，那场小冲突在他们的爱情的洪流上只算是一个助长波澜的细沫罢了。

那是在一个没有月亮的晚上，大约是十一月初三四的晚上吧，霍之远和林妙婵又是到第一公园去。（他们在环境和经济的关系上，别的地方不能够去，只有公园是他们的行台。）那时候，适值朔风严紧，公园里面的游客少得很。那些孤高傲世的棕榈树，雄姿英发的木棉树，枝叶离披的大榕树，在那种清冷的空气下，更加显出幽沉雄壮，有点历万劫而不磨的神气。黑漆沉闷的天宇，闪着万朵星影，那些星影好像挂在枝头一样，又好像在半空里游泳着一样。

"多么神秘呀！我爱这黑漆的夜，比较我爱月亮的心理更是强烈。月亮虽然是美丽，但好像一览无余，给予人们的印像好像浅薄一点似的。黑漆的夜可是不同了，它好像是把它整个的美锁住，这里面美的消息，美的踪迹，美的渊源，美的神髓都要由你自己去探讨，去搜求，去创造！故此，比较起来，黑夜之美才是值得赞美的呀！"霍之远像一个神秘主义者的神气说，他笑着了。

他挽着林妙婵一道走到一株木棉树下的坐凳上坐下。

"婵妹！你和罗爱静结婚，愿意吗！我替你俩介绍！"霍之远忽然异想天开的这样说。

霍之远一向很坦白，他对待罗爱静尤其是有话便说。他觉得罗爱静实在是他生平的第一位好友。罗爱静对他和林妙婵的恋爱时常加以评击，他也时常在罗爱静面前承罪。他觉得罗爱静虽不是怎样伟大；但他的有理性的，忠实的，恳挚的态度已经足以做他的法尺。至于他和林妙婵间有了一丝爱情在滋长着，霍之远实在梦也未曾做过！

这天早上他接到罗爱静在北上的途上寄来一封信。信中说，林妙婵寄给他的相片他已经接到；她在相片后面写着要他努力和保重身体的说话，他也很诚恳的接受了；最后，他又说，婵妹在车站和他握别时流着泪的态度，他到死时也是不能忘记的。

霍之远读完这封信时，心中不觉吓了一跳。他觉得自己原来是个傻瓜！他觉得真愚蠢，为什么一向看不出林妙婵和罗爱静有了这种深刻的爱苗在各人的胸中滋长着呢？本来，罗爱静还没有老婆，又是他的最要好的朋友，他老早便有把林妙婵介绍给他的意思。但罗爱静的态度一向很冷静，而且时常在他面前说着林妙婵的坏话，他便只好歇了这个念头。他把那封信读了再读，演绎了一会之后，觉得原来他自己和林妙婵热烈了一场，结果只变成了她和罗爱静两人间的爱情的阻碍物！他哭了。

他马上下着决心，想从这个迷途里面逃出来。他想极力成就林妙婵和罗爱静两人间的好事。这时候，他俩都在公园里面，霍之远便把上面那句说话探问着她。

"愿意？唉！这话怎样说起？你真是不知道我的心是多么苦呢？……"林妙婵答，她也不禁吓了一跳。

"苦！苦什么？"霍之远大声说，他鼻孔里一酸，觉得有一些儿恨她了。

"唉！你又何苦来呢！难道我得罪你不成，拿着这样气色来对待我……"林妙婵的脸色变得异样苍白了。

"唉！我真是一个傻瓜！我老早就不应该做你和罗爱静间的爱情的障碍物呀！"霍之远声气很粗暴的说，他把她的放在他颈上的手恨恨地推开去。

"这到底是什么意思！我和罗爱静有什么爱情可说？唉！你！……"

"有没有爱情，你们自己才知道！我老实对你讲，你和罗爱静如果真真的能够恋爱起来，我是很赞成的！不过，你们的态度为什么要这样不坦白！为什么要把我欺骗得这样厉害呢！你说你和罗爱静既然没有爱情，为什么要偷偷地送着相片给他，为什么在车站送别时会偷偷地为他弹着眼泪呢！……唉！我一向算是对不住我的老朋友了！我对不住罗爱静！我对不住你们俩！我一向阻碍着你们的相爱！唉！不识趣的我！可是，现在我已明白了！我向你声明，从今晚起，我再也不敢和你在一块儿玩！好吧！我祝你和罗爱静恋爱成功吧！"

"唉！你教我怎样说呢？我寄给他一张相片，难道这便可以证明我和他已经发生了爱情吗？若说我在车站上为他流泪那更加是无稽之谈！你在那儿看见我为他流泪呢？……"林妙婵禁不住啜泣起来了。

"婵妹！唉！真的！请你不用客气！你便痛痛快快地和我决绝吧！我祝你和罗爱静早日结合起来！我现在也没有闲空和你恋爱呢，我的工作忙得很呀！"霍之远神气很不屑似的说。他用手狠狠地向椅上击了一下。

"哥哥！唉！天才知道我的心是多苦呢！唉！我全条生命都被你支配着！我离开你便觉得了无生趣！可是！……我终觉得不应该和你结婚，我恐怕你的家庭给我这个闯入者牺牲着！唉！为着你！为着你，我才想到罗爱静身上呢！我想罗爱静是你的最好的朋友；我如果和他结婚，最少还可以时常和你相见，最少还可以时常和你在一处做事！但！我因为舍不得离开你，所以这几晚来都为着这件事在哭泣着！……"林妙婵把霍之远紧紧地搂抱着，把她的眼泪渍在霍之远的脸上。

"这又何必呢？……你又何必这样多情？"霍之远用力地把她推开。

"呃！呃！呃！……"林妙婵只是哭着。

"好！我们今晚谈话的结论，便是你和罗爱静结婚！我呢，尽我的力量去帮助你们！"霍之远望着森严的夜色，崇高的大树，想把他的胸中的悲哀抑制一下。

"哥哥！我想——……"林妙婵抽着气说了这几个字，以下再也不能说下去了。

"你想怎样？我坦白地对你讲，我是很'不客气'的。"霍之远态度冷然，机械地抚着她。

"唉！哥哥！你！——你！——真——狠——心呀！——我——这——几——晚，——又——是——哭——着，——又　是——想

——着！——我——结——果——终——是——觉 得——离——不
——开——你——呀！……！"林妙婵的声音就如寒蝉凄咽。

"唉！唉！……"霍之远只是叹着气，他的心渐渐为她的哭声所
软化了。他把他的胸紧紧衬着她的颤动得很厉害的胸膛上。

" 我——想——寒——假——回——家——去，——拚——命
——去——要——求——着 我——的 娘——！——她如果
答应——我——便罢！——如不——答——应我，我——便
和——家 庭——脱——离——关——系； 从——此——跟——着
——你——！……"林妙婵喘着气，紧紧地挤在霍之远怀里，不住
搐搦着。

"亲爱的妹妹！不要哭吧！我俩依旧要好吧！"他安慰着她说。
他的决心完全为她的哽咽所动摇了。

"你——一定——要——爱——我！——不——要——把——我
——抛——弃——呀！……"林妙婵抽咽着，态度异常可怜。

"好的！好的！我便彻心彻肠地爱你吧！不要哭！"霍之远挽着
她的腰在她的唇上吻了一下。

他俩经过这场小冲突之后，即时各把各的最温柔，最动听的说
话互相安慰着。——什么"哥哥你须要保重身体！你的身体要是白
糟蹋着，妹妹是不依的！"什么"妹妹放心吧！我始终是不改忘记妹
妹的说话的！妹妹！你的身体也要珍重的！你如果自己糟塌着自己
的身体，哥哥也是不依的"，这类话，又是说了几个钟头！……

十四

礼拜天下午一点钟的时候，霍之远和林妙婵在章杭生的住房里

坐谈。那卧房约莫二丈见方，里面放着一只办公台，台上放着许多安那其和其他的社会主义类的书；靠窗处，高高地放着一个裸体女人的石膏像，窗框里贴着一些标语式的格言。此外室之他端还放着坐椅，书箱，行箧，等物。卧榻是一只行军床，占着一个很小的面积。

"老章！你这间房子真是漂亮啊！——这尊石膏像尤其是动人！"霍之远带着笑说。他倚着林妙婵坐在办公台前。

"哎哟呵！老霍！你不知道我是多么苦呀！还亏有这位女朋友和我相伴，要不然我可要急死了！哈！哈！"章杭生作势把桌上的石膏像接了一个吻，不禁大笑。

"老章！赶快讨了一个老婆吧！你这样害着性的苦闷，便拿着石膏像出火真不是办法！"霍之远随意地在案头上掀开一部书在看着。

"哎哟呵！老霍！讨老婆！哈！哈！现在的女子都是慕财爱色的多，我想我此生一定没有希望的了！——哎哟呵！你们真好！你们真比池底鸳鸯，天上神仙还要快活得多！哎哟呵！又是温柔！又是缠绵！又是多情！哎哟呵……"章杭生像母牛一般叫着，又是想向石膏像作吻。

这时候，从门口走进两个人来；他们进来后，便和霍之远，章杭生握着手，都在椅上坐下。这两个人的名字，一个是陈白灰，一个是李田蔼。陈白灰年纪约莫二十三岁，是个大脸膛，身材粗壮的人。他的眼睛很大，有点像水牛目一般；颧头很阔，胡子很多，但日常都是刮得很光滑。他的性格是热心而多疑，迟滞而寡断。他说话时的态度，老是很矜持，很像演说式，但很容易令人厌倦。他是这训练班里面的职员，——文牍员。李田蔼年约二十六岁，身材很矮，面部的构造，像千年的树根团成一样，眉目嘴鼻，额头，颧骨，下颏各处都有一种坚苦卓绝的表情蕴蓄着。他是个真正的克鲁泡特金的无政府主义者。他绝对不坐手车，绝对不嫖，不赌，不吸烟，不喝酒。他是个绝对孤独的人，没有父母，没有兄弟，没有妻子，——他三岁时便是一个孤儿，以后便由这个社会的恶毒冷酷的锤把他锤炼长大起来的。他是章杭生的好友，这次才在南洋被逐回国；他被逐的原因，是因为他在一个高小学校做校长，和那校的校董的女儿发生恋爱；他和她曾经偷偷地接了一回吻，不料被人家发觉，因此便被驱逐出校，被驱逐出境了。他现在每晚也在这卧房里睡觉的。

"霍先生！林女士！你们在这儿坐了好久了！"李田蔼向着霍之远和林妙婵点了一下头说。

"好啊！好啊！我们今天便在这房里开个谈话大会吧！哈！哈！"陈白灰说。

他们几个人拉杂谈论了一会之后，章杭生忽然向着林妙婵说："Miss 林！你们 G 校的同学褚珉秋女士你认识吧！请你替我请她到这儿来坐一坐吧！"

"褚珉秋女士吗！我认识她的！她是你的朋友吗？好的！我便去替你请她到这里来！"林妙婵说，她望着霍之远一眼，立起身来便走向距离这里不过数十步远的 G 校去。

"褚珉秋女士真漂亮！老章！你便讨她做老婆吧！"陈白灰说。

"哎哟呵！老陈！褚女士如果肯做我的老婆，我便是死了亦是甘心！哈！哈！"章杭生的近视得几乎瞎了的眼睛闪着一线情火。

"你是个堂堂的党校的教务长和她求婚，难道她还不答应你吗？"霍之远说。

"哎哟呵！便请你帮忙吧！我的心真是着急呢！哎哟呵！我如果

和 Miss 褚能够达到目的，你这位可怜的女朋友，便要被我摈弃着了！哈！哈！"章杭生对着石膏像说。

过了约莫十分钟的时候，林妙婵便和褚珉秋一同走进这房里来。

"章先生！有什么事体？"褚珉秋女士朝着章杭生很羞涩地问着，她的脸即时飞红了。但，她态度却是很大方，很是天真活泼。

她的年纪约莫十七八岁，肌肤圆盈腻润，一眼便知道她是个江南人。她穿着一套黑绉旗袍，踏着一双平底的皮鞋。脸部像一朵含苞欲放的牡丹花一样，又是嫩稚，又是丰满。她的一双眼睛特别生得美丽；当它们在闪着时，无论那一个男性都会为之销魂迷醉的。她的口亦是很美的，它的两片唇在说话时一张一翕的神态，特别惹人怜爱。她的整个脸部的轮廓有点太大；她全身的姿势，也有点太矮胖。但，因为她的年纪很轻，神态又是很天真活泼，故此，令人一见，便觉得她是个有趣的，可爱的女人。

"哎哟呵！坐下吧！坐下吧！褚女士！褚女士！哎哟呵！坐下吧！坐下吧！今天是礼拜天，我想请你和他们到黄花岗逛逛去！"章杭生高兴得跳起身来。他跑过来，跑过去，身上像是发热，又像是很忙的样子。

"坐下吧！请来参加我们的淡话会！"霍之远望着她一眼，心里觉得和她亲热起来了。

她望着霍之远一笑坐下来了。她坐在林妙婵身边，林妙婵又靠着霍之远坐着；故此他们坐位的距离很近。大概是因为她已经先认识了林妙婵，而且霍之远和林妙婵的关系她已经知道的缘故吧？她对着他很不客气，很亲热的样子。

她时常望着霍之远笑着，很天真娇憨的笑着；霍之远的心给她搅乱了；他只是跟着她笑着。他们两个人的四只眼睛，时常经过一个很久的时间在灼热地相瞟着。霍之远有点搅乱了，但他表面上，却故意表示得很镇静。

"Miss 褚！我们都是革命队里的同志，再用不着什么客气了！随便谈谈吧！"霍之远和她目语了一会，便这样说着。

"我是最不会客气的！你们倒像很客气似的！"褚珉秋抿着嘴在笑着。

"哎哟呵！不客气才好！哎哟呵！你不知道我的心里多么高兴呢！哎哟呵！今天天气好得很，我们到黄花岗逛一逛去吧！哎哟呵！到黄花岗，好极了！"章杭生高声叫喊着，他的麻脸亦给情热涨红了。

"不！我不能够跟你们到黄花岗去！对不住得很啦！"褚珉秋娇滴滴地说。

"事体很忙吗？Miss 褚！再坐下一会不要紧吧！"霍之远的眼又是和她的眼相遇，两人都笑了。

"坐多一会倒是可以的！但是，我不能够到黄花岗去，我的事体忙得很哩！"褚珉秋含笑着答。

"一道去吧！章先生诚心诚意请你去，你偏不去，未免太难为情了！"霍之远用着恳挚的态度央求她。

"去吧！Miss 褚！……"李田蔼拍着掌鼓噪着。

"Miss 褚！去吧！"陈白灰跳起身来说。

"哎哟呵！去啊！去啊！Miss 褚！我们先到东郊花园饮茶去；饮完茶后，便雇一架汽车坐到黄花岗去！哎哟呵！好极了！好极了！今天的天气好得很呢！"章杭生叫喊着。

"和你们一道去！本来是很好的！但，实在话说，我的确有点事体哩！……"褚珉秋只是笑着。

"有什么事体，今晚再办！一块儿去吧！"霍之远用眼睛向她的眼睛央求着。

"这么着，也好，和你们一起去吧！"

"哎哟呵！好了！褚女士万岁！黄花岗万岁！哈！哈！"章杭生抟着拳，挺着胸，用着嘶破的，粗壮的，喊口号的声口叫着。

"万岁！……"李田蔼，陈白灰响应着。他们都在欢跳着。

这日的天气，的确是很美丽，蔚蓝的天宇，像积水潭一样的渊静，像西洋少妇的眼睛一样的柔媚。在这碧空里面，挂着一轮光芒万丈的太阳，那太阳光艳红可爱，把天地笼罩得清新灿笑，浮彩耀金。

他们从章杭生的卧房里走出来，一路踏着绿色的草径，望着晴空皓日，各人心中都觉得十分高兴，脸上都燃着笑容。不到十分钟，他们便都到了东郊花园了。

东郊花园里面，花木的点缀，房座的布置，都有了一些幽趣。他们在这花园里面选了一个清洁的大厅，吃了几味点心，和几碟青果之后，便在门首雇了一只汽车，一直到黄花岗去。

在茶室里和在汽车里，霍之远和褚眠秋都挤得紧紧地坐下。他们两个人好像一见便钟情了似的，禁不住依依恋恋的在谈论这个，谈论那个。

"郑莱顷这人真可恶！真反动！他所组织的四Ｙ团，专在笼络一班浮薄青年，专在笼络一班想升官发财的投机分子！他的革命的目的是在出出风头，坐坐汽车，吃吃大餐！唉！可恨！"

"真的！我也觉得他真可恨！他在他们Ｇ校演说，老实不客气地宣传我们去加进他的四Ｙ团。他说加进四Ｙ团之后，不愁没有饭吃，没有衣穿！他说加进四Ｙ团之后，稍一努力，不愁没有官做！

你说这种人是多么坏呢?"

"林殃逋这狗屁不通的奴才尤其可杀!他倚仗自家是吴争工的契儿子便无恶不作!他所组织的三 K 党,比较郑莱顷的四 Y 团尤其是右倾,尤其是向后走!唉! K 党有了这样人物,真是糟糕!真是倒霉!"

"唉!这种人说他做什么呢!他们迟早都要在淘汰之列啦!……"

约莫下午三点钟的时候,他们到了黄花岗了。

黄花岗是缔造民国捐躯的七十二烈士的埋骨之场。它的位置是在 C 城的东门外三四里路远的地方。在墓道的第一度门口,竖着两支石柱,石柱上挂着两个髑髅的头颅,那两个头颅,在软软的阳斜里面倒映着光。在这两支石柱之旁放着许多尊大炮,那些大炮已经有一半埋没在野草和泥土之中。从这儿朝前走去,约莫几十步远,便见翁郁的林木,灿烂的黄花之上,一位自由神高高地站在半空。那自由神的态度,是多么威武而闲暇,它好像是在飞翔着。在自由神下面,用石筑成一座石室,石室的门首,题着"七十二烈士之墓"。墙上由 K 党的总理题着"浩气长存"四个大字。在这自由神之前十几步,是烈士们埋骨的坟场。这坟场不够一亩地宽广,四面围着铁栏。这坟场前横着祭床,左旁竖着一亭,亭里面竖着一面石碑。

他们下了汽车来到烈士的坟前默哀了几分钟之后,便尽量地在逛游着。

"哎哟呵!好极了!这儿的景象好得很!Miss 褚,跳舞吧!请你唱歌吧!请你唱歌给我们听!"章杭生,在自由神前的草地上跳着。

"哎哟呵!好极了!好极了!Miss 褚,跳舞给我们看一看!"李田蔼怪叫如猿，他情不自禁地自己跳起舞来，他的态度好像戏台上的丑角一样。

"好的！好的！我赞成请 Miss 褚唱歌和跳舞！"陈白灰用他的拇指头作势，把眼睛张得异常之大。

"……"褚珉秋沉默着，她只是用着笑脸去答他们的请求。

"唱吧！唱歌吧！Miss 褚！你怕臊吗？……"霍之远又是把她含情地盯了一眼。

"褚！唱吧！这么多人喜欢你唱！"林妙婵附和着，她这时候脸上溢着笑，心里很是快乐。

这时，像情人的眼波一样温暖的日光在各人襟颜上荡着。像女人的吸息一样低微的风丝在各人的耳边掠过。一切噪杂的声音都没有了，只一二声禽鸟在远林传来的清唱。一切俗气的，令人厌恶的颜色都没有了，在这幽旷的草地上浮动着的只有山光，云影。

"啊！啊！投到自然母亲的怀抱中来吧！不革命也罢了！革命真是太苦和太没有趣呀！……不！这种思想是狗屁不通的，你看那些工农群众怎样苦痛！他们由白天到黄昏，由春夏到秋冬都是把穷骨头煎熬着，便结果只有警察的棒杆，工头的藤条，资本家的榨取，大地主的压迫，贪官污吏的剥夺，饥寒和冻馁的赐予是他们的总报酬！是他们的幸福的总和！我能够离开他们，放下他们自己走到大自然的怀抱里面来享受清福吗？……"霍之远忽然感触到这个问题来，他把头低下去了，把两只眼睛望到想像里的工农群众的惨状，他眼上一热，几乎淌下泪来！

"唱着《月明之夜》吧！唱着《葡萄仙子》吧！哎哟呵！快乐得很啊！Miss 褚唱吧！唱歌吧！"章杭生在草地上打滚地这样叫着。

"他妈的！跳舞吧！你们不跳，我自己来跳吧！哎哟呵！快乐得很呀！快乐得很呀！"李田蔼一面叫着，一面笑着，一面跳着，状如猢狲。

"Mr 霍！你的身体有点不好吗？你的脸儿有点苍白啦！"褚珉秋走到霍之远身边悲切的问。

"没有！谢谢你！"霍之远觉得站在他面前的褚珉秋完全是他所有的了。

"老霍！哎哟呵！不得了！不得了！你和 Miss 褚这样亲热起来了！哎哟呵！哈！哈！"章杭生有点醋意说，他仍然是在打滚着。

他们在这儿玩耍了半天才回去。不知怎样地，霍之远和褚珉秋以后便非常要好了。

十五

霍之远从章昭君和林寻卿那里探知褚珉秋也是 X 党的同志。（章昭君和林雪卿已加入 X 党，她们都在 G 校读书，并且搬到大东路的 X 号门牌居住。）并探知谭秋英还未尝加入 X 党。这晚，他便约着褚珉秋，谭秋英，和林妙婵几个人和他一道到公园谈话去。他的意思是要请褚珉秋介绍谭秋英和林妙婵加入 X 党青年团，G 校支部的。

是夕阳腕晚的时候，在黄色的灯光渐次照耀着的街头。霍之远心中满着愉快地和她们一道跑着。

"Miss 谭！我那晚和你在公园里所说的那件事你该不至于忘记吧！"霍之远朝着谭秋英说；他和她故意行得很缓，这时已经落在林妙婵和褚珉秋的后面二三十步远了。

谭秋英身上穿着一套称身的湖水色夹长袍，袖口短短的，露出一双纤小而可爱的手来。她的脸上，有一种又是沉静，又是有媚态的特殊情调；她的举动有一种又是镇定，又是善于迷惑人的特别魔力。她说话时的声音，时常在语尾上有一种说不出来的婉转，令人在听见这种声音时，脏腑都会为它熨贴。

她和霍之远两人间有一种恳挚的，热烈的友情。不！那不单是一种简单的友情，那怕是一种不露骨的，深心蕴蓄着的男女间之爱情吧！她和他见面时虽然绝对未曾说过一句情话，但她的那种压制不住的爱的倾向时常不自觉地以另一种方式表演出来，——严冷的而又关切的表情。这种表示，在他俩讨论革命问题时，最容易被人们看出。

"我当然是记着哩！"谭秋英答。她和他谈话，用 C 城话时比较多一点，但有时也用着普通话。"不过，你说，林妙婵这个人怎么样呢？我总觉得她不大能够革命！她好像只能做到贤母良妻的地位，做不到陷阵冲锋的革命工作呢！"

"我也觉得是这样的！不过，她现在已经是进步很多了！她在我面前屡次表示要加入 X 党去；我想如果她加进 X 党后，经过严格的训练，大概总可以干起一点革命的工作起来了。……"霍之远看出她对林妙婵显然有一种醋意的表示，这种表示令他深心里感到满足。因为从她这种表示中，他看出她对他的爱情来。

"是的！她在我面前也是时常这样地表示！她说她愿意牺牲家庭，愿意站在普罗利塔利亚的观点上去革命！她说她愿意和我一块儿加入 X 党去！我想，她既然这样说，便拉着她和我们一同加进 X 党去也来尝不可以的！……"谭秋英的一双水汪汪的眼睛向着霍之远一掠，显出十二分亲爱的态度来。

"我有一个朋友，他大概是 X 党的人物，我已经和他讨论过好几次；他答应替我找个介绍人；X 党里内的情形他大体上也已经和我说得很清楚了。"霍之远把他两手插着他的洋服的袋口，他的为工作所压损的疲倦而憔黄的脸上溢着微笑。

"X党里面的情形怎么样，请你告诉我吧！"谭秋英踏进一步，把身体挤在霍之远的旁边。

"我便告诉你吧！但，我只据我的朋友一面之辞，这些说话，到底对不对，我是不知道的。……"霍之远把他的嘴放在谭秋英的耳边说。

当他把 X 党里面的内容和各种入党的手续向她报告完了的时候，他们已到第一公园的门前了。褚珉秋和林妙婵站在门口等候他俩。

"Miss 褚！跑得这么快，赶你们不上了！"霍之远的眼睛不意又是和她相遇，他的心中又是觉得惘然了。

"知道你们干些什么勾当呢！喊喊喳喳地只在后面说着一些什么秘密话？"褚珉秋孩气的笑着。

"真的！知道你们在干什么勾当呢？嘻！嘻！"林妙婵板着脸冷笑着。

"哎哟！你们这两个嚼舌根的蹄子！这样乱七八糟的赖人！"谭秋英脸上飞红，赶上前去挽着褚珉秋的肥胖的腕乱捻。林妙婵跑过谭秋英背后还是冷冷的在笑着她。

公园里面小梅初放，雏菊盛开。枝头紫香，澹如月痕的梅花，真有些幽人绝世的清姿；皓洁如霜雪，孤僻如高士的菊花，亦有些吐弃凡尘，敝屣人间的格调。

在斜阳映照着的下面，树枝沿着红光，像在火炉里发火一般。遥望六榕寺塔，玲珑孤耸，在落照的苍茫里，显出异样凄凉，萧索的样子来。……

他们在园里面散步了一会，便都在树丛间的一支长凳上坐下。

谭秋英缠住霍之远谈话；她问着 K 党部为什么要把工农商学各阶级联成一气；问着 K 党为什么会发生那么多的纠纷；问着 K 党为什么会失去许多青年人的信仰；问着阶级斗争有什么理由；工农阶级为什么一定不能够和资产阶级合作，……各个问题，霍之远那一一地答得很详细。这么一来，足足废去了两个钟头了。在这两个钟头里面，霍之远连和褚珉秋，林妙婵说一句话的闲空都没有，她们真把谭秋英恨死了。

"呀！你看她和霍先生的态度多么亲热，多么献殷勤！咦！简直她就是一个狐狸精！"

"咦！我看她在笑着了！她的态度多么妖娆啊！哎哟！我们上当了！我们不应该同他们一道到这里来才是呵！……"

林妙婵和褚珉秋当着霍之远和谭秋英谈得入神时，不禁这样低声耳语在抨击着谭秋英。

当霍之远和谭秋英的讨论结束的时候，全公园的电灯已经亮了很久，那轮血红的太阳，也已在一个钟头之前，沉入地面去了。

"Miss 褚！我想和你说几句话呢？"霍之远吐了一口气，朝着褚珉秋说。

"什么事体呢？霍先生！"褚珉秋把她的手指剔着牙齿在笑着。

"这儿来，我要和你商量一件重要的事体啊！"霍之远站起身来用手招着褚珉秋一同走到前面去。

褚珉秋即时立起身来，和他走到一株木棉树下站立着，那儿离开林妙婵和谭秋英坐着的地方，约莫二三十步远。

"Miss 褚！请你答应我一件事！"霍之远把他的手插在他的腰上，脸上溢着平和的微笑。

"什么事？霍先生！"褚珉秋把她的那双美丽而带着神秘性的眼

晴朝着他只是闪着。她今晚穿的依旧是一套黑绉旗袍，脸上薄薄地擦着一点脂粉。她说话时的态度，很是坦白，自然，生动。她虽是十七八岁，但她的神态，了无挂碍，就好像一个婴孩一样。她虽然不是怎样的美丽，但她却可以称为"春之化身""快乐的女神"。无论那个人和她相见时，都会把工作的疲劳消尽，把胸中的抑郁忘去的。

她对待霍之远特别有一种好感。她因为霍之远和林妙婵爱好的缘故，便和林妙婵爱好起来。她在林妙婵的面前时常说出爱慕他的说话来。

这时候，她和霍之远站在一处。两人的脸都灼热着，心中都在跳动着。

"Miss 褚！我想你和林妙婵，谭秋英都是 G 校的学生，她俩的思想都很不错，而且很想加进我们的党来，请你替她们介绍一下吧！"霍之远把鼻在嗅着矮木上的浮荡着的一层肉香，胸口有些压逼而迷醉。

"我不是 X 党的党员！呀！霍先生，你弄错了！嘻！嘻！"褚珉秋笑着说，她的笑声就和一个婴孩的笑声一样。

"你这小鬼子！你还想骗我吗！哈！哈！"霍之远看着她的那种孩气的态度，不觉笑起来了。

"你既然知道我，为什么不知道谭秋英也已经加进 X 党呢？"褚珉秋全身不自觉地和霍之远挤得愈紧。

"啊！谭秋英已经加进入了我们的党了么？我问林雪卿，她说开了几次会都碰不见她呢？"

"她们不同组啦！谭秋英是第一组的，林雪卿是第三组的！"

"啊！啊！哎哟！我今晚算是上了谭秋英的当了！她问我许多说

话，都是骗我讲着玩呢！呀！这小鬼子，真可恨啊！"

"今晚她向你问的那几个问题都很没有道理；可是你却答得很好！"

"啊！啊！我终觉得是上她的当了！哎哟！可恨！可恨！"

"霍先生！你要我介绍林妙婵么？好极啦！好极啦！我近来时常和她谈话，她的思想的确是很不错啦！"

"便请你把她介绍吧！你和她同学而且一块儿住着最好请你时常指导她啊！"

"自然啦！我可以全部负责任，把她介绍到党里来！……哎哟！霍先生，你们训练班的那位教务长，亦是我们的同志吗？"

"是的！不过他浪漫得了不得！他从前是个克鲁泡特金式的无政府主义者！现在他的态度虽说好了一些，但还是脱不了个人无政府主义者的色彩啊！"

"真的啦！他真是浪漫得怕人哩！霍先生！我真怕他！他看见女性的时候，好像即刻便要把她吞入肚里去一样！咦！他的态度真是凶到极啦！"

"哎哟！他这个人也还有趣哩！"

"有趣吗？我觉得像他这样的男子真有点讨厌呢！"

他俩依依恋恋的在谈着，不觉又是过了半个钟头了。这时候，霍之远耳边听到林妙婵在叫唤着他的声音。

"啊！啊！我便去！"霍之远遥遥地回答着，一面向着褚珉秋说："我们回去吧！她们在叫着我们呢？"

"霍先生！听说你新近死去了一位哥哥！我想现在你一定是凄楚得很了。但是霍先生，容许我用着小妹妹的资格来劝你，请你看开些儿，保重身体才是啊！"褚珉秋诚恳地安慰着霍之远。她的声音因同情而颤动了。

"Miss 褚！感谢得很！我的哥哥死了的消息你怎么会知道呢！唉！"霍之远心里骤然起了一阵悲痛，眼上即时给一层雾气罩住了！

霍之远的哥哥死了的消息，前几天才从他父亲的家信接到。当时，他只是心上如大石压住，脑里如铁锤痛击，他本拟即日奔回家里看一看去。后来因为经过同志们的劝告，才没有去的成功。这几天，他因为工作太忙的缘故暂时地好像把这个悲哀忘记了。这时候给褚珉秋这样一问，又把他的悲哀重新惹起来了！

"之远哥！之远哥！回去啊！不早了！"林妙婵拉长声音在叫着。

"Miss 褚！我们回去吧！"霍之远紧紧地握着她的手。一阵柔嫩温热的刺激，传播了他的全身。他们的脸都灼热着。

"霍先生！咦！Miss 褚！哎哟！你们才不知又是在于着什么勾当呢！嘻！嘻！"谭秋英走到他们的身边，把她的大眼睛盯了他们一下。林妙婵默然走到她们身边，全身靠在霍之远臂上、一声不响地站立着。她望一回谭秋英又望一回褚珉秋，冷然一笑。

十六

十二月的时候了，霍之远和林妙婵两人间的爱情已经达到沸点了。他俩现在冲突的时候比较很少，似乎已经是由痴情上的结合，达到主义上的结合一样。他俩的意识和行动现在完全是普罗列塔利亚化了。他俩的谈话的焦点现在完全是集中在主义上了。本来在这样的轨道上走去，他俩的同栖生活的问题，当然是在必然律里面可以达到目的的。但，爱情到底是有波澜的。他俩在这条平安的轨道上，于是又碰到一场悲喜剧了。……

霍之远近来因为和谭秋英碰到面便谈话，谈起话来便非一二个钟头不行。虽然内幕上他们是在谈论革命问题和接洽关于林妙婵加入 X 党的事；但在旁观人考察起来，总误会他们是在谈情话的！这种误会，自然是林妙婵更加厉害！一方面因为谭秋英的年龄，才情，风貌处处都有和林妙婵成为情敌起来的可能；另一方面是因为霍之远和谭秋英在谈话的时候，总是守着 X 党的党纪，不肯让林妙婵加进去（林妙婵还未曾正式被承认为党员）。这真使她接纳不住了。……

这天，正午的时候，褚珉秋，林妙婵，和谭秋英一道到 × 部后方办事处去找霍之远。霍之远便和她们跑到办公室外面的草地上散步去。谭秋英照例拉着霍之远拚命的谈起话来；她的谈话的内容似乎很秘密似的，她招着霍之远跑开十几步去喊喊喳喳地谈着。林妙婵和褚珉秋守候了一会觉得不耐烦了，便冷冷地向着霍之远遥喊着一两句辞别语，跑回 C 校去了。

霍之远和谭秋英在草地上依旧在谈着。草地之旁是个荷塘。塘里的荷花在二个月前已经凋尽了，这时候只剩下一些枯黑的荷梗。荷塘之沿有许多病叶枯枝的柳树，这些柳树在金黄色的日光照耀之下闪着笑脸。

"谭先生！你是太糊涂了！我站在党的立场，用着同志的资格来批评你！你把我们的党的秘密统统泄漏给林妙婵！你和她因为感情太好了，便把党内一切的情形告诉她，这是很不对的！我们党里的党员是需要理性的，不需要感情的！就拿你那天同我讲话的态度来讲，你实在也不应该把许多党内的秘密告诉我！咦！霍先生！我用着同志的资格来批评你，你快要把这样的脾气修改一下才好呀！……"谭秋英站在霍之远面前，双手交叉着放在她的胸前，态度很是坚冷。

霍之远听到这段说话正中他的心病，不禁把脸涨红着。他想不到谭秋英这个娇小玲珑的少女会这样不客气地拿着党纪来教训他。他觉得又是羞耻，又是愉快。羞耻的是他自己实在干得不对，给谭秋英当面这样教训，有些难为情。愉快的是他觉得受了这样一个艳如桃李，冷若冰霜的女同志来纠正他，批评他，实在是很幸福。

"Miss 谭！你所说的话都对吧！我很感谢你！但，这里面你实在还有许多误会的地方，我不得不向你解释一下。我对林妙婵的说话虽然有些地方太不注意，但并不至于把党内的秘密泄漏给她的。至于和你那晚的谈话虽然未免太坦白些，但我已经知道你的思想很不错，而且态度已倾向我们的党来了，我才那么讲的啊！……"霍之远一面认罪，一面还是取着辩驳的态度。

"霍先生！你再也不用和我强辩了，你把许多党的消息告诉给妙婵，我们 G 校已经许多人知道了！……"谭秋英的态度更加严厉，她的眼睛里闪着火，简直是发怒了。

"Miss 谭！不用动气吧！你对我的批评，我诚恳的接受了！"霍之远又是觉得痛苦，又是销魂。

"霍先生！倒请你不要动气哩！我觉得我们既然是同志，使用不着什么客气了。我批评你的说话未必都是对的，但是其中自然也有许多地方可以供给你的参考哩！现在我要请你批评我了！霍先生！你觉得我怎么样呢！请你尽量的批评吧！"谭秋英的态度比较和蔼一些，她在笑着了。

"你很好！你很有理性而且在工作上很努力！"霍之远的心情已经平复，他觉得轻松了许多了。

"真的吗？我自己觉得我有许多地方终不免失之幼稚呢！"谭秋

英稚气的走动着，露出平时和霍之远间的亲密的态度来了。

"啊！霍先生！几乎忘记了！我昨天晚上把那张入党表交给林妙婵；那张表是我一时弄错了，那原来是介绍人填写才对哩！——唉！霍先生，这便是我的幼稚的地方呢！你说，现在有什么办法呢？"

"啊！啊！你把那张表弄错了么？还好，那张表林妙婵接过手后交在我这里呢？现在你把她拿回去吧！这张表内容怎样，她还未看见呢！"霍之远从衣袋里抽出那张表来，交给谭秋英。

"Miss 谭！以后做事小心一点吧！"他望着谭秋英笑着。

这时候从柳叶间透射过来的日影照在谭秋英的脸上。她一转身便走到霍之远身边来。她朝他呆呆地盯视了一眼，忽然脸上灼热起来了。

"霍先生！我们倒要注意些，现在的社会冷酷得很哩！我们不要再谈下去吧，恐怕人们要说我们在这柳荫下谈情话呢！……"谭秋英朝着霍之远点了一下头，脸上飞红着，走向 C 校去了。……

下午两点钟的时候，霍之远正在×部后方办事处办公很忙的当儿；林妙婵独自个人走来找他。她身上穿着一件淡绿色的布长袍，披着一条红披肩，脸上堆着一团气愤；她责问他为什么碰到谭秋英便那样亡魂失魄。她责问他是不是已经不爱她了。她说话时露出歇斯底理的病态来。

"唉！真无法！她碰到我，便拚命要和我谈话，我有什么方法可以不搭理她呢！"霍之远向她解释着。

"谁叫你见了她便涎脸，嬉皮，只想和她讨好呢！"

"那里有这么一回事！我也不见便怎样的高兴她！今天还捱了她一顿骂呢！"

"捱了她一顿骂，才把你的神魂都骂得酥醉起来了！……唉！骗我做什么，你高兴她也罢，不高兴她也罢，与我有什么相干呢！……唉！革命！什么是革命！你们不过是挂着革命的招牌，在闹着你们的恋爱罢了！……"

"你为什么这般动气起来呢！我恨不得把我的心剖开出来给你看！你才相信我哩！……唉！我这几天所以和她那么接近，都是为着你的缘故哩！都是为着想把你介绍入 X 党的缘故哩！……"

"唉！唉！我再也不敢相信你了！……我那里比得起谭姑娘呢！……"

他俩这样谈论了一会，霍之远觉得在办事处里面很不方便，便带她走到办事处外面一个僻静的地方去。这时他心中真是痛苦得很。他觉得恋爱这回事，是多么讨厌啊！他想一个男人为什么一定要和一个女人恋爱呢？恋爱后一定要受了许多不合理的痛苦，这有什么好处呢？……

林妙婵满面泪痕，她觉得霍之远对待她终是不忠实；他所给她的爱情终是不能专一。她心里想，完了！我再也不想生活下去了！人生根本便没有什么可留恋的地方啊！

"唉！妹妹！"霍之远，搂抱着她说。"相信我吧！我始终是爱你的！"

"不要再说这些话，我听够了！"林妙婵歇斯底理地抽咽着。

"唉！妹妹！你的痴情，你的对待我的专一的痴情我是很感激的！但，现在你已经决心干起革命的工作来了，便不应该这样任情，这样没有理性呀！……你叫我怎么办呢！干革命工作的人，男女几乎就常是混在一处的；如果和一个女人谈话，便算是和她恋爱！那我以后，看见每一个女人，都要先行走避了！这是绝对不可能的一件事体呀！"霍之远柔声下气的说。

"谁是你的妹妹！谭秋英才配做你的妹妹呢！……现在我再也不想和你说下去了！你的工作忙得很呢！哼！你们革命家！你赶快把昨天晚上那张表拿来还我，我自己填写去吧！革命，时髦得很，我也跟着你们干起革命的勾当来了！"林妙婵伸手向着霍之远要入党表。

"放在我这里吧！我替你填上便好了！"霍之远心中吃了一惊，觉得冲突的材料又是添上一件了。

"不用费你的心呢！我自己晓得怎样填写哩！"林妙婵踏进一步，向霍之远衣袋里面搜索着。

"没有带来的，昨天晚上我把她放在学校里面呢！"霍之远瞒着她说。

"我现在即刻和你到你的校里拿回来！去！一道去！"林妙婵跳起来，即刻便要动身。

"妹妹！请你不要动气！那张表是介绍人填写的表，不是被介绍人填写的表。谭秋英一时错给了你，现在已经被她拿回去了！"霍之远觉得无论如何再也掩饰不住，便据实的说明。

"真的吗！……"林妙婵喘着气说，她圆睁着双眼，脸上满堆着失望和愤急的神气。

"怎么不真！……不过请你别要这样气急呀！这是没有什么关系的！……"霍之远安静地说。

"哎哟！你又来捉弄我了，你和谭秋英又来这样把我欺骗了！唉！X党是你和谭秋英两个混蛋私有的党！是你们的爱情背景的党！我再也不愿意加进去了！要加进这个党才算是革命的吗？那便索性不革命也罢！唉！……"她抽咽着，全身战抖着，脸色变成苍白了。

"唉！妹妹！不要这样的胡闹吧！你也太薄弱了，你这样任情使性，完全不是一个革命党人所应有的态度啊！退一万步讲，便算我真个是和谭秋英恋爱起来了；难道你便可以抛弃你的革命的决心吗？你的革命的决心是建筑在群众上，还是建筑在我和谭秋英两人身上呢？……唉！妹妹！请你平心静气，缓缓思考吧！不要越急越弄糊涂了！"霍之远镇静的安慰着她。他心里好像受了一刀，这一刀使他又是失望，又是灰心。

"唉！何必要和一个女子发生恋爱呢？革命工作要紧呀！我今天又要把工作的时间抛掷了两个钟头了！唉！不行！我的工作是多么重要呀！"他口里虽然在劝慰着林妙婵，心里不禁这样想着。

"呃——呃！呃！我——上——了——人——家 的——当——呀！……"林妙婵不断地喘着气，抽咽得更加厉害。

"妹妹！你真是越说越不近人情了，你上了谁的当呀！唉！难道！……唉！你说我骗了你吗？……"霍之远也是喘着气，脸上溢着怒容，他觉得他是太受侮辱了。

"不要假亲热了！口皮上妹妹的，妹妹的叫着；心里却老早在咒诅我快些死去哩！……唉！实在我也太不自量了！本来我们根本上便未尝相爱过，我和你只和路人一般，我这个路人来缠住了你这么久，实在是对不起的很啊！……"林妙婵咬着牙，恨恨的说，她丢下霍之远走开去了！……

"妹妹！回来呀！回来呀！……"霍之远望着她的背影高声的叫喊着。

她头也不回来地走向 G 校去了。

霍之远呆呆地在站立着，他觉得他好像受了万千的委屈；心中觉得一酸，不提防便是淌下几滴眼泪来。

"唉！工作要紧呀！恋爱是一件多么愚蠢的事呀！"他叹了一口

气，走回办公室办公去。

十七

过了两个钟头，霍之远正埋头案上在改着海外工作人员训练班的学生的文章时，C 校的校差拿了一封信到来递给他。那封信是林妙婵写给他的一封绝交信！信中写着：

"霍之远先生！对不住得很呀！刚才对你真是无礼得很呀！先生革命党里面重要人物，民众队里先锋！望善自珍重！妙婵既愚且任性，自思实不足以伴你，以后当不敢再和你纠缠下去，一方面恐怕妨碍你的革命工作！一方面恐怕做你和谭秋英姑娘恋爱的障碍品也！……

妙婵素性懦弱，又不善于交际，自料在这光怪陆离之世界里面不适宜于生存！……现已决意离开人生之战场！祝你和谭秋英姑娘恋爱成功！祝你所希望的革命成功！……"

霍之远看完这封信后，脸色完全变成青白，他把头发乱抓，跟着，便是一阵昏迷。

"完了！我和她的关系便这样的终结了！也好！恋爱是多么讨厌的一回事呀！是多么无意义的一回事呀！……"他清醒后便下了这样的结论。

"还是写封信给她好的，她恐怕会自杀呢！唉！一个热情而没有理性的女子，是怎样难于对付呀！"最后他终于这样决定了。他抽起笔来写着信：

——亲家的婵妹！

伏望勿因恼怒太过，致伤身体！远对妹自信尚未有负心之处，来书云云，不免失之过激矣！晚间当到 G 校访妹，望勿外出为荷！……

霍之远写完这封信后，叫办事处里面的一个杂差即刻把它拿到 G 校去。他一面在感伤着。他觉得一个人绝对没有其他的人来爱他，固然是有点太寂寞了，太不像样了。但当他被人家爱得太厉害的时候，也是一举一动都不自由起来，也是痛苦得很啊！他对于恋爱根本上起了一个幻灭的念头了。

晚上，他在训练班，吃过晚餐后，便一个人走到 G 校去找她。她出来见他，但态度冷淡得很；她的两双眼因为哭了一个下午的缘故，已经肿得像胡桃一样了。

"妹妹！到外面去跑一趟吧！"霍之远很亲热的叫着她。他充分的被她的凄楚的表情所感动，心里觉得难受起来。他说话的声音，也颤咽着。

她仍然沉默地不作一声，但她的脚步却已经跟着他走了。

"妹妹！不要太悲哀吧！……呀！只要你能够平心静气，不久你定会把我谅解了！"霍之远酸的鼻说，他想握着林妙婵的手，吻了一千个热吻。

"……"林妙婵仍然是沉默着，她只望着霍之远一眼，冷然地一眼。

这时候，他们已经到了 C 州单命同志会旁边那个草场上了。是夕照醋红，暮天无云时候，他们的人影长长地投在地上。霍之远的瘦棱棱的脸上满着一种沉思而忧郁的阴影。他怕羞而挚切的用着他的颤着的手去握着林妙婵的手，但她冷然地把他拒绝了。

"你终于不搭理我吗？……唉！……"霍之远叹了一口气。林妙婵只是沉默着。

"妹妹！我和谭秋英的交情只不过是一种普通的朋友的感情，她对我亦是冷淡得很。不要误会罢！今天的事，尤其是不成问题；那只是一种手续的问题。这一点你将来入党后，便一定会明白起来了！"霍之远忍耐着说，他的心又有些气愤起来了。他觉得他对她很坦白，而她终不能谅解他。这是多么可恼的事体啊。

"你和谭秋英姑娘的事体，谁敢干涉你；我和你也不过是个普通的朋友罢了！入党！我那里配入党呢？……"林妙婵冷然答，她对于霍之远显示一种坚决的拒绝的表情。

"好！完了！请吧！林女士！"霍之远大声地说，他丢下林妙婵即刻走开了。他心里觉得悲伤而痛快。

"哥哥！唉！回来吧！"林妙婵见他跑了二三十步远还没有回头来，便这样高声呼喊着。喊后她便哭起来了。

霍之远心中又是觉得不忍了，他只得跑回去和她站在一块儿！

"怎么样？……"霍之远咳了一声说，他的眼睛变成喷火的玻璃球了。

"唉！哥哥！恕我吧！一切都是妹妹不对啊！……"林妙婵全身抖颤着，脸色像死人一样的挽着霍之远的手去亲着她的唇。"我！我——表 面——上——虽——然 在——和——你 斗——气，——我的心——却——是——很——爱——你——呢！——唉！"

"妹妹！唉！你为着我受了这么多的痛苦了，看！你把你的眼睛都哭得红肿起来哩。……"霍之远深深地又是被她的悲楚所激动，把她的愤怒之气完全消失了。

"哥哥！亲爱的哥哥！恕我罢！今天真把你气够了！唉！原谅我吧！这都是因为妹妹太爱你的缘故啊！……"林妙婵脸上飞红，感情很激动地说，她的那双水汪汪的泪眼，尽朝着他盯着。

"都是一时的误会，不算什么一回事啊！……"霍之远低着头在望着他和她两人的长长的影，叠在一处，脸上溢着微笑。

"为什么笑起来呢？"林妙婵也跟着他笑起来了。

"看！你看那地上的人影吧！你说我们亲密，还是地上的人影亲密呢？看！地上的人影已经挤成一个了！……"霍之远望着林妙婵很自然地说。他的炯炯而英锐的眼泛着一层为情欲所激动的光。他的态度又是威武又是有稚气。这样的神情是一种最易令女人们迷惑的美啊。

"哥哥！还是我们亲密哩！"她的红唇嗑上霍之远的唇上，用力的吮吸着。他们完全和解了。

过了一会，他们便又离开这片大草原，到第一公园去。在第一公园里面谈了一会，已是月上柳梢间的时候了。

"妹妹！我即刻便要到会场去，时候已经不早了！"霍之远对着他怀里的林妙婵说，他俩这时都坐在一双有靠背的长凳之上，长凳之上有藤蔓矮树荫蔽着。

"不要去呀，我想一二次不到会大概是不要紧啦！"林妙婵依依恋恋地只是不忍离开他。

"不可以的！我们的会场生活是很重要不过的呀！——你暂时回到 G 校去，等我散会的时候，才去找你，可以吗？"霍之远央求着说。

"好！你不要再和我说话了！到会场去吧！到会场去吧！"林妙婵赌着气，脸上即时又是现出失望的神色来。

"哎哟！你又来了！你的脾气还是一点儿不改啊！——呵！我不去吧！不去吧！……"霍之远恐怕她又要哭起来，便即刻答应了她的要求。

"好极啦！不去才好！我不让你去哩！"林妙婵脸上满着胜利的愉快。她笑着了。

再过了约莫十分钟的时候，霍之远又是向着林妙婵千央求，万央求地说他即刻便要到会场去。林妙婵终于答应他了。

"好的！让你到会场去也好，但你要带我一块儿去呢！"她说。

"不能够的！我们的会，你是不能够参加的！"霍之远带笑容。他立起身来，在走着了。

"我不是已经加进你们的党吗？为什么还不能够到你们的会场去呢！"林妙婵跟着他走在一处。

"再过几天吧！过几天手续弄清楚了，自然是可以跟我一道去的啊！"霍之远温柔地吻着她的额。

"我一定要跟你去！嗯！……"她像一个小孩子似地摇着身摆着头央求着霍之远带她去。

"好的！好的！我带你一道去吧！但是你只能够远远地站在外面，不能够跟我进到里面去啊！进到里面时，要是碰到你们 G 校的同学，事情可便糟了！"霍之远心里觉得有些对不住党了。他觉得他的感情终是太丰富，他的理性不能够把他自己主宰着了！

"唉！我知道了！一定是你约定谭秋英姑娘在会场里面等候你呢！……"林妙婵脸上又是露着疑虑和失望。

"……"霍之远沉默着，他望着她只是不语。……

晚上约莫九点多钟的时候，他在会场出来，便又走到 G 校去找她。月色很是美丽，大地上的屋宇，树林，人物、都像是在银光下沐浴着一样。他俩在街上走了一会，便到 S 大学里面的一个僻静的小花园去。

这个僻静的小花园，是在一座教室之前，广约一亩地，景象十分幽雅。他俩在这儿的石凳上坐下，远远地飘来一阵胡琴的声音，在那声音里面杂着一阵一阵男女的笑声，霍之远觉得有些惆然了。

他忽然把林妙婵用力的拥抱着，在她的额上，唇上，肩上，腕上乱吻了一阵。他觉得在这样的世界上估有一个像林妙婵这样年轻美貌而又多情的姑娘，是多么幸福的一回事呀！他开始用着羞涩而又抖颤的声音向着她说：

"亲爱的妹妹！我们以后怎样结局呢？……我想——你——和——我——！唉！"他觉得不能再讲下去了；林妙婵的脾气，他是知道的，他恐怕她又是要哭起来了。

"哥哥！你的意思我明白了！我答应你！"林妙婵把脸伏在霍之远的胸里说，全身颤动得很厉害。

"我爱！……"霍之远哼了这一句，又是销魂，又是混乱！

"哥哥呵！我……把——我的……所有的一切，都呈献我——的——亲——爱的哥哥呵！……"林妙婵的耳朵羞红着像两朵红玫瑰花一样了。

"我们以后再用不着顾虑一切，怀疑一切，只是努力跑向前面去吧！奋斗！奋斗！我们要互相督促着去和一切恶势力作战！我们的结合完全是建筑在革命的观点上！是的，像我们相片上写着的一样；为革命而恋爱！不以恋爱牺牲革命！……"霍之远站起身来说，他的态度很是激昂慷慨。

"哥哥！我愿始终和你站在同一的观点上革命去呵！"林妙婵也站起身，她的态度很表示出一种勇敢，和预备去为民众而牺牲的热情。

"握手吧！"

"握手吧！"

他俩的手紧紧地握着，用全身气力的握着。他俩的态度，就和喝醉了酒一样。

十八

初春时候，在爆竹声里和街上人都穿着丽服的情境下，春天的快乐的影子已经来到人间了。

霍之远照旧忙碌着，他一身兼了两个重要的职务，海外工作人员训练班的代主任，和×部后方办事处的主任。他的头发和胡子比平时格外散乱了，他的脸格外瘦削了，他的衣服格外不讲究了。但他的炯炯有神的双眼，他的脸上一种有吸引力的特殊情调，却一些也是不变，他现在差不多完全在团体生活里面陶醉了；关于个人的伤感，怀乡病的意绪，悼惜过去的心情，差不多都没有了。可是，在和女性接触这方面的，他的心里还不免留下一点腻腻的快感，这或许是他的年纪还轻的缘故吧。

他和林妙婵的恋爱，现在已告成功了。可是他对谭秋英和褚珉秋的态度究竟是怎样呢？他和她俩究竟有了恋爱的成份存在吗？这问题，实在连他自己亦觉得难以答复呢。他觉得他的心虽然在否认他和褚珉秋，谭秋英两人有了什么爱的存在，他的理智虽然在排斥这种不合逻辑的爱的事件的发生，但在下意识里，在朦胧的境界间，他有时又觉得她俩在他的心里都占了一个不小的位置。

林妙婵曾向他戏谑着说："哥哥呵！要不是我和你先有了婚约，谭秋英或者褚珉秋一定会把你占据去哩！哎哟！她们对待你的态度都是亲密得多么厉害呀！"……他觉得这几句说话也并非完全违背事实的。

不过，他现在已经把全部的生命力都寄托在革命上面，对于恋爱这回事他并不表示得怎样热烈。因此，他对着谭秋英和褚珉秋的种在他心中的爱的嫩芽，便很不吝惜地借着单命的利斧去把它割去。

他和褚珉秋的情感的浓厚本来也不减他和谭秋英的。但，谭秋英深沈寡默，用情专而刻，褚珉秋天真浪漫，用情自然而无痕迹，故此霍之远和褚珉秋虽有时极端表示爱，但林妙婵未曾加以干涉；谭秋英和霍之远接触时，虽绝对未曾表示爱，但林妙婵却早已经不能够容忍了。

褚珉秋曾和他侃侃地讨论着恋爱问题，曾和她紧紧地挤在一处谈着话，曾和他肉贴肉地呆立了一会；她和他中间有许多地方不拘形迹，任意抒写。她极端的崇拜他，信仰他。她对谭秋英批评他的说话，十分抱着反感，她憎恶谭秋英，她说谭秋英太幼稚，而且对于革命只会讲，不会做，她入 X 党已经三四年，是个老党员了。但，她依旧是天真浪漫，毫无拘束；实在说她是个优游于法度中的人物了！

一个月来，她和霍之远，林妙婵一同到公园散步去许多次。每次在路上走动时，她都站在中间，把霍之远和林妙婵分开在她的两旁。在公园的长凳坐下去休息的时候，她也毫不客气地坐在中间，把霍之远和林妙婵紧紧地靠在她的胁下。她说她很不高兴和人家恋爱，她一见男性向她进攻时，便觉得肉麻。她时常放大喉咙，手舞足蹈的向着霍之远和林妙婵这样说：

"现在一般的男性向女性进攻的那种态度，真是一种发狂的态度啊！他们看见一个女性便没头没脑地设法要和她相识；和她相识后没有几天便匆匆忙忙地向她求爱了！真真是岂有此理！我碰到像这样的男性差不多一打以上了，真叫我气又不是，笑又不是呢！有一次我有一个男同乡，他忽然间天天跑来看我，并且忽然向我写起情书来了；我觉得奇怪不过，只是置之不理！过几天，他哭丧着脸走来找我，他骂我无情；我把他大大地教训了一场，他才抱头鼠窜而去！哎哟！真是痛快得很啊！……"

她说话时的那种坦白毫无拘束的神态，那种大刀阔斧不顾一切的表情，时常使霍之远觉得襟怀为之一畅。

她自己虽说她不喜欢和人家恋爱，但她在霍之远面前却最喜欢讨论恋爱问题。她所听到恋爱史亦多得很，她时常在霍之远面前把人家的恋爱史拿来做谈笑的材料。她对待霍之远的态度，总是笑迷迷的，亲密不过的。她那种亲密的态度，比普通的所谓爱人或许还要厉害呢。……

她和林妙婵的感情好得很，林妙婵加入 X 党，她的确尽了不少的力量。林妙婵一向的态度是懦弱不过的，而且她和章昭君有了一点莫名其妙的私隙；因此章昭君极力反对她；在支部的会议席上，褚珉秋和章昭君大战了一阵，才把她打退。林妙婵才得被通过，她的党员的资格才算确定。林妙婵因此很感激她，她也把林妙婵姊妹一般的看待着。

霍之远也很爱褚珉秋，他隔几天不见她便很挂念着她。他心里时常这样想着：

"我如果有了这样的一个妹妹，和她一世厮守，（不结婚的！）是多么愉快的事啊！……"

这天，下午时候，霍之远刚从惠爱路的一间小浴室里面出来，走不上几步，迎面便碰到她。她和一个女朋友同行，那位女朋友也是 G 校的学生。

"到哪边去？霍先生！"褚珉秋撇下那位女朋友，走上前来含笑向着他问。

"想去找你啦！Miss 褚。"霍之远笑着答。他身上穿着一套黑呢西装，把大衣挂在手股上。天气很是温暖了。

"真的吗？你为什么要找我呢？"褚珉秋点着头扭转身向着那女友说："我替你介绍，这位是霍之远先生，海外工作人员训练班的主任，×部后方办事处的主任！"

那位女友向着霍之远含笑点着头，便这样说："罗琴素，在 G 校读书！"

罗琴素也是个江南人，中等身材，脸部圆椭，两颊像熟苹果一样涨红。她穿着一套浅蓝色的灰布长袍，态度颇娟静。

霍之远和她搭讪了几句，便转过脸去兜着褚珉秋说话。

"Miss 褚，林妙婵的入党手续弄清楚了没有？"

她便把怎样和章昭君冲突，怎样通过的情形告诉给他。他们一面说话，一面走路，不一会已到了 G 校的门首了。他们好像还有许多话未尝说完的样子，便在门口继续谈论着。那位女友等得不耐烦，便先辞别了他们走到宿舍里面去了。

天上的云像千万双白色的羔羊，这些羊都是忙着要走到它们的归宿处去似的。在那些白色的云朵里面闪着千万道斜阳的金光，那些金光汇成一派大河，在天体上流荡着。

霍之远把他的过度疲倦了的脑袋，在这样美丽的阳光下晒着，脸上溢着一段微笑，那微笑好像能够把他的疲劳的带子解开来似的；他索性合上眼微笑了一会，脑袋里便觉得清爽许多了。

因为工作的过度疲倦，他的神经末梢的感觉似乎愈加锐敏。在这样的状况下，他愈加觉得站在他面前的褚珉秋是像仙子一样可爱了，他觉得越看越动情，越离不开她了。他有点神经衰弱病似地想着："哎哟！我如果能够倒在她怀里躺一忽，是多么舒适啊！我的头便靠着她的心窝，我的额和整个的脸部便都藏在她的盈握的一双乳峰之下，我的手便揽住她的腰，我的身体便全部都挂在她的大腿上，啊！要这样能够让我躺下一会啊！……"

"霍先生！我和你到会客室里面谈谈去吧！"褚民秋在他的耳边说；她的那双美丽得像能够说话的眼睛向他温暖地一闪。

霍之远吃了一惊，脸上顿时涨红了。他几乎即刻走上前去拥抱着她。倏然间，他有点羞涩起来了。

"呵！呵！好的！好的！一道去吧！"他几乎喘气说，足步已经随着她一步一步的走到 G 校里面去了。

G 校的会客室是在女生宿舍的楼上，那是一间二丈见宽的雅洁的房间，前后两面部镶着玻璃窗。褚珉秋带他到这室里面后，便把室门关闭了；她说：

"我们的舍监是四丫闭的重要人物呢，她住在距离这儿不远的房间里，我们说话时，倒要提防她！"

她和他都坐在同一列的藤椅上，他俩的身体的距离就只有几寸远。她今天穿的是一套淡红色的旗袍，身上的曲线很明显，很有刺激性和诱惑性的美。她坐在那儿，恍惚就是春的化身，恍惚使全室都放了光明，和充满一种娱乐的空气。

霍之远很是兴奋，他的眼奕奕发光，他鼻孔翕翕地在喘着气。他周身恍惚发热一般；他觉得他好像躺在美丽的彩云里面，而那些彩云都是有了女体遗下来的暖香似的。

"是的！我们谈话应当低声一点！"霍之远茫然的答。

褚珉秋用手拍着她的美丽的肩膀，她的紧小的旗袍荡了一下，一种处女所特有的肉香从她的袖门里面飘洒出来，一直刺入霍之远的鼻观去。她的那对深夜里，森林中在天体上照闪的星星一般的眼睛朝着霍之远发光。她婀娜而又自然地说：

"霍同志！我们的舍监陈嘉桐是多么可恶啊！她把我们压迫得很厉害；像社会主义一类的书，都不给我们看；我们如果太活动了，她便即刻把我们制止！学生中做她的走狗的，实在也不少；因此我们的一举一动，她都即刻便知道。譬如我们此刻在此谈话，若是给她知道，说不定会给她痛骂一场，说我们是在此间做出不可告诉人家的说话来了！……霍同志，你知道吗？谭秋英这人真坏，她和她很接近，很有感情呢！"

"这陈嘉桐真是可恶！她以前曾在我们×部办事，后来给部长开除了。地现在对×部的人，都很痛恨呢。唉！真糟糕！你们的校长侯烟妍，倒像个很革命的人物，自从她北上了，便把这 G 校交落给这班混蛋！真可惜呢！……谭秋英，我觉得倒还不错，她好像很沉着而有理性的样子！"霍之远答，他把褚珉秋的一双放在桌上的手腕看得发呆。在那双手腕上，他即刻幻想到被她们拥抱着时的愉快，他全身在抖颤着。

斜阳光像一双小病猫似地爬进会客室里面来；窗外碧绿色的树叶发出一层冷冷的光，形成一种凄然的沉静。

"Miss 褚！"霍之远站起身来怪亲热的这样叫着，紧紧地靠在她的身边，他的身上像触了电似的，一下里热起来了。"你不久便要毕业了！毕业后你一定要回到你的故乡去！我呢，说不定在最近的将来也会东飘西泊，我们以后怕连见面的机会都没有了！"

"那里便会这样呢？我们以后相见的日子多着呢！……霍同志，毕业后我打算不回家去，我愿跟在你的后面去干着革命呢！"褚珉秋把她的全身都靠在霍之远身上，她的头依在一边，眼睛向他瞟着，脸上溢着稚气的微笑。

"……"霍之远尽在呆呆地沉思；他觉得他恍惚已经答复了她的说话，又觉得好像未曾答复她似的。她的眼睛像用螺丝钉住也似的盯在褚珉秋的美丽得可怜的体态上。

"那是最好的！"他作梦一般的答着。

忽然地，他的腰上接触着一双温柔的，有力的手，他的胸前软软地压着一个有弹性的，芳香的女体！他眼前一阵昏黑，室里面的一切都像在转动着了！

他定睛看时，褚珉秋已经从他身边走开去，脸上全都飞红，身体在战抖着！

"再会！"霍之远咽声说，几乎流出眼泪来了。

十九

燕子在飞着了，空气一天一天地潮湿起来了，春之神像穿着五色彩衣飘到人间来了。大地上一切昆虫，禽鱼都活跃起来了；光和影和声音，都从死一般沉寂的冬天苏转过来，像赴着群众大会一样的喧嚣叫喊着，于是人们的心里都随着外面的热闹充满着生意了。

霍之远现在更加忙碌了，他差不多每天从白昼到黄昏都在忙着工作；他的工作紧紧地缠在他的身上，就好像一条蚕卧在蚕茧里面一样。

这晚，他因为脑子痛得太厉害了，便跟着林妙婵谭秋英在外面散步去。他们本来是预备到西瓜园看马戏去，后来不知道为什么又把计划改变了，只在公园里跑了一趟，便到小饭店吃饭去。

是晚上七点钟的时候了，街上洒满着强烈的电灯光，照耀得如同白昼。他们在那小饭店里面选定了一间比较雅洁的房间坐下去之后，便叫伙计要几盘普通的饭菜来用饭。

霍之远和林妙婵坐在一边，谭秋英坐在他们的横对面。他们一面在吃饭，一面在谈着话，门外忽然下起雨来；雨声如裂玉，碎珠；一阵阵凉快潇洒之感幽幽地爬到他们的心头来。

"Miss 谭，在革命的战阵上，你说情感是绝对应该排弃的东西吗？"霍之远茫然说。这时他只穿着一件西装的内衣，和一件羊毛背心；他的神情，似乎很为雨声所搅乱。

"自然的，我感觉到这样！"谭秋英答，她的态度很是镇静而安定。她穿的是一套黑布的衣裙，那衣裙倒映着灯光，衬托出她的秀美的脸部显出异样娟静。

"但革命的出发点却由于一种热烈的情感；你说对吗？——譬如说列宁吧，或者说中山吧，或者说现时的许多革命领袖吧，他们的革命的出发点那一个不是由于他们对于被压迫阶级的 Profoud Sympathy 呢？那一个不是由于他们对于被压迫阶级的恳挚的，热烈的同情呢？所以，我敢说革命的事此固然应该由理智驾驶；但它的发动力，还是情感呢！"霍之远想用他的巧辩说服她。

"这种论调完全是一种小资产阶级的论调；站在普罗列塔利西亚的观点上说，这种论调完全是错误的啊！哪！别的不说，我们的党的理论和策略不都完全是建筑在理性上面么？我想，霍先生你终是脱不去一个文学家的色彩啊！"谭秋英又是用着教训他的口吻了。

雨越下越大了，雨声像擂着破鼓似的，又是热闹，又是凄清。在这样春夜薄寒，雨声打瓦的小饭店里面，他们投射在地板上的影子，挤成一团，说不出有无限亲密的情调。

"Miss 谭，你真是冷酷得很啊！我们在革命上自然不主张任情，但情感本身又那里能够被否认！你说，一个人要是无情，根本上便和一块石头，一颗树有什么分别呢？唉！Miss 谭，别要这样冷酷呢！我想，你似乎忽略了人生是一件怎么有趣的东西啊！"霍之远动情地说，他的态度几乎是向她求情的样子。

"嘻！嘻！哈！哈！……"谭秋英忽然大笑起来，她笑得再也不能说话了，只得将她的身体伏在桌上。过了一会，她喘着气说：

"哎哟！真是笑死我呀！"……霍之远和谭秋英谈话时，时常 C 州话和普通话混杂用着，这是他们的习惯。……

"点解咁好笑呢？"霍之远脸上飞红的问，他被她这阵大笑所窘逼了。

林妙婵偷偷地考察得他俩的神态，气得连饭都吃不下去。她停匙，丢筷，呆呆地坐着，脸色完全变成苍白了。

霍之远望着她一眼，背上像浇了一盆冷水似的，早已凉了一半了。即刻他把脸朝着她，低声下气，甚至于咽着泪的说：

"妹妹！觉得不舒服吗？啊啊！饭要多吃点才好啊！……"

"我的肚子早已不饿了！"林妙婵用着愤怒的声口说，她的眼上闪着泪光。

"哎哟！妙婵姊！吃多一点饭吧！你不吃，连我也觉得没意思起来呢！……唉！还是我不来好，我一来便使到妙婵姊连饭都吃不下去，这是什么意思呢！"谭秋英半劝慰，半发牢骚的口吻说，她脸上早已全部飞红了。

"我自己吃不下去，干你什么事！别要太客气了！"林妙婵把脸转向室隅，再也不看她了。

雨依旧下着，而且越下越大，大有倾江倒海之势。他们只得向伙计要了一壶茶，在室里再谈着，就算是避雨。

"妹妹！今晚的菜很好啊，还是多吃点饭好呢。"霍之远柔声下气的只是劝诱着她。

"我不吃了！我的肚子不饿，教我怎样吃下去呢！"林妙婵头也不转过来的答。

"妙婵姊！妙婵姊！……"谭秋英也是柔下气地说，她望着霍之远只是笑。

过了一忽，雨渐小了，但依旧是不曾停止。他们三个人共着一把雨伞，挤在一堆的走出小饭店来。街上湿漉漉地照着人影，店户的灯光也都照在积水上。霍之远居中，谭秋英和林妙婵站在他的两旁走着。

"我顶喜欢雨！要不是伴着你们两位姑娘在走着；我一定会散发大跳，一来一往的奔走着在这样的雨声之下！……"霍之远感到一种诗的兴趣，在他的心头挤得紧紧。

"所以我说你还是脱不去一个文学家的色彩啊！"谭秋英冷然说。

"这种色彩好不好呢？哈！哈！"霍之远故意撞击着她的身体，顿时像觉得触了电一般的酥醉。

"好的！怎么不好呢！嘻！嘻！"谭秋英笑起来，全身几乎都伏在霍之远身上了。

林妙婵忽然从他们身边走开去了！她在雨中走着，头也不看他们的走着！她的脸上白了一阵，红了一阵，她的唇都褪了颜色了。

"妹妹！疯了吗！你全身都湿透了！来！快来！"霍之远颤声叫着，他和谭秋英走到她身边去；她不顾的走开去了。

"妙婵姊！妙婵姊！快来吧！霍先生在叫着你呢！"谭秋英的脸又是涨红着，她望着霍之远一眼，觉得怪不好意思地便即把头低垂下去。

到了 S 大学了。她们都到霍之远的房中坐下。门外的玉兰树，湿漉漉地在放射着冷洁之光。雨依旧下着，而且更大了。

"哎哟！今夜的雨，真是下得怕人啊！"霍之远的态度仍然是带着一种诗的感兴。

谭秋英沉默着，林妙婵仍然是满面怒容。霍之远的说话竟没有人来打理他，他觉得悲伤起来了。

"哎哟！霍先生，我要回去了！"谭秋英立起身来，脸上的表情和一团水一样。

"好的！我和你们一道去！妹妹！我们一起出去吧！你回到 C 校去，秋英回到她的家中去！"霍之远站起身说来，他预备着便起行的姿势。

"你们去吧！你和秋英姊一道去吧！我要在这儿再坐一忽！"林妙婵的苍白的唇上颤动了一下。

"一道去吧！"

"不！"

"唉！……"

"唉！……"

"妹妹！你今晚为什么变得这样奇怪呢？唉！现在已经不早了，我和你一道去吧！"

"我不去！难道你这里不许我再坐一会吗？——不要紧，如果你不允许我再坐一会；我便走了，但我自己会走路的，不敢劳动你的大驾呢！……"

"唉！你真是不谅解我吗！"

"唉！你真是不谅解我！不谅解我吗！"

"……"

"……"

"哎哟！恋爱是多么麻烦的事体啊！有了恋爱便一定耽搁了革命的工作！我想真正的革命家是不应该有了恋爱这回事啊！"霍之远这样思索着，意气异样消沉下去。

"Miss 谭！"他几乎流着眼泪的叫着，"我和你先去吧！一会儿我再来带她到 C 校去！……"

"妙婵姊！妙婵姊！……唉！你也太使性了，你不知道霍先生心中是怎样难过哩！……不要太固执吧！一块儿去！唉！妙婵姊！妙婵姊！你连答应都不答应我一声吗？唉！"谭秋英走到林妙婵的身边这样劝慰着好。

"你们去你们的！我想再坐一忽！……唉！秋英姊，你的为人好得很啊，好得很啊！我是知道的！"林妙婵流着泪把头靠在书桌上。

"妹妹！真的想在这儿再坐一忽吗？也好！我先送谭女士到她的家里去！……"霍之远朝着她说。

她微微点着头。

霍之远和谭秋英走出门外，下了宿舍的楼梯，走到狂风雨里面去了。宿舍横对面，明远楼前后的大道上，木棉树巅巍巍的像在流泪一样，不！像挂着小瀑布一样！他俩共着一把洋伞，紧紧地挤在一处。两人的脸都灼热着，谭秋英的像流星一样的眼睛频频地向着霍之远放射着光芒。

"霍先生！林妙婵到底为的是什么？她的态度为什么这样地难看呢？妒忌吗？我们今晚也并没有什么地方可以惹她的妒忌啦！他的身体不好吗？但是又觉得不像！"谭秋英像怕受了寒似的，把身体挤在霍之远怀里。

"她大概是把我爱得太厉害了，故此她对你和我的亲密的态度，便未免有些妒意了！我想，大概是这样吧！"霍之远喀了一声，这样答着。

"唉！霍先生！我真糊涂！我想，要是这样，我真不应该和你这样接近了！……"谭秋英脸色红了一阵，白了一阵，她的嘴唇在翕动着。

这时候，他们已经走过街上，在积水很深的横巷里面蠕动着。他们的身上的衣衫都沾湿了，就如一对跌入水里去的公鸡和母鸡一样。他们的热情也似乎给雨水沾湿，蒙蒙迷迷地溶成一片。谭秋英身上的明显的曲线，隆起的胸，纤细的腰，丰满的臀部，……像Model 般的，湿淋淋的贴在霍之远的身边。霍之远呆呆地看着她，肉贴肉地捱着她走着，他的喉咙为情火所烧燃而干渴，全身的感觉都麻木了。他极力的把他的情热制死着，一种销魂的疼痛深深地刺入他的灵府。

"Miss 谭！你又何必这样薄弱呢！她不过是一时的误会，你又何必这样挂心呢！……我想她实在有点太任性了，还是希望你时常和她接近，才能够把地这种态度纠正呢！"霍之远把他的有力的肩故意的向她撞了一下。她的脸那时飞红了，但他并不生气。

"霍先生，她想和你做起夫妇来吗？你也很爱她吗？"谭秋英动情地问。她用力握着他的手，脸色完全苍白了。

"我——和——她——已——经——有——了——婚约了！"

霍之远颤声说，用力地在她肩上咬了一口，他的心觉得不安起来了。

"嘿！……"她全身都倾俯在霍之远的怀里，眼泪挤满着她的眼眶。

一头女人的乱发披在霍之远的胸前，一双水汪汪的媚眼，一个苍白的嘴唇倒压在霍之远的面庞之下！他们在身体因太受情感激动而搐搦着了。

过了一忽，她用力推开他，带着哭声走进她的家里去了。霍之远在她的门口站了许久，他的脚像生了根似的拔不动了。他幽幽的垂着泪，觉得好像做着一场恶梦。他用手击着巷上的墙，一阵奇痛令他清醒起来了。

他赶回 S 大学时，林妙婵已经气愤得差不多达到发狂的程度。她的脸完全没有血色了，她的牙齿在格格作响。

"你让我去死吧！你这样侮辱我！"她咽泪颤声说，再也不打理着霍之远，跑出门外去了。

"天哪！That is the love's reward！"他含着泪说，即刻跑出房外追着她去了！……

二十

C 城的政治环境，现在更加险恶了。×部后方办事处日日在风雨飘摇之中，海外工作人员训练班的命运，也和大海里的孤舟一样，四围的黑暗的势力都在扳着冷眼狞笑它。四 Y 团和三 K 党现在愈加活动起来，他们在报端上，在口头上，在行动上都在排击 X 党×部后方办事处和海外工作人员训练班，和前方来往的函电都要受检查了。恐怖之云密布在 C 城的各个革命机关的屋顶，那些云在人们的心里头幻作一幅，一幅的大屠杀的阴影，一切在干着革命的人们心头都感到一层重重的压迫。

和霍之远同住的那位猫声猴面的陈尸人，现在大做特做他的反对 X 党的文章了。他由教育救国论者，一变而为三 K 党的重要份子了。他对着霍之远很怀疑，他时常走到霍之远的书桌前去偷看他做文章。为了这个缘故，霍之远觉得非从速搬家不可了。

这几天他因为×部里发生一件特别事变，忙得要命；便托林妙婵和谭秋英把他的简单的家具搬到距离 C 城约莫二里路远的 F 村去了。林妙婵在 G 校也快毕业了，她便和他搬在一处同住。

K 党部中央党部的代主席姓吴名争公。他和×部的部长张平民是一个对头；这时候，他便不顾党章私下命令解除他的职务。但 K 党中大多数的中央执行委员都反对他，他们都聚集在 H 地开着联席会议来对付他。

在这样的情形之下，×部的命运自然是在风雨飘摇中了。同时，×部后方办事处，和×部所办的海外工作人员训练班自然也在险恶的风波里面激荡着了。为应付这个危险的局面，霍之远从晨到夕都忙着开秘密会议，团结学生的内部，策应前方的危局，对付当前的恶劣环境；有许多时候，因为工作太忙，他觉得顷刻间便要断气的样子。可是，他的精神却反觉得异常的愉快，他的疲倦而憔黑的脸上时常溢着微笑。

过了两个礼拜的光景，H 地的联席会议，一时间似乎得到胜利；吴主席自动下台了。在这种情形之下，C 城的政治环境，一时间也似乎稍有点新的希望。C 省党部在总理纪念周的礼堂上也会声明服从联席会议的决议案的。四 Y 团的领袖郑莱顷近来也在极力拉拢 X 党，想和 X 党合作了。

这时候，霍之远所主持的×部后方办事处和海外工作人员训练班自然也在安稳一些的命运生存着了。

林妙婵已在 G 校毕业，现在帮着霍之远在×部后方办事处办事。谭秋英从事女工运动，近来忙碌得很。

褚珉秋现时住在校外一个秘密的地方，她在办理 X 党的某一部分的内部工作。和霍之远志同道合的几个老友，郭尚武已经从安南回来；罗爱静现在 H 地×部和黄克业一道在办事，他有信给霍之远，说他想努力去做工人运动；林小悍在暹罗亦时有信来给他，说他在那儿和许多反对党在斗争着，工作忙碌得很。

霍之远在 X 党里面得到许多正确的革命理论和敏捷的斗争手腕；他在领导着一班 X 党的青年团怎样去工作，这班青年团都是他的训练班的学生，他们都是十二分英勇。他们都是华侨运动的先锋队，都是预备到各个殖民地和弱小民族中间去做他们的革命领袖的。

在这样的情境之下，霍之远忙得发昏。他现在每晚都到外边开秘密会议，和林妙婵谈话的机会真是少得很。他她像完全变成一架机器了，他的痴情，浪漫，文学的欣赏的情调都没有了！他现在对于恋爱的见解，不是赞成和不赞成的问题，而是得空和不得空的问题。他觉得恋爱这回事，实在是不错；但只是一种有闲阶级的玩意儿！他现在已经没有闲空来谈恋爱了。

林妙婵的态度仍然是痴情，浪漫；她仍然是把霍之远爱得太厉害。她对褚珉秋的感情仍然是很好，对谭秋英仍然是有了一种误会。不！实在不能说是一种误会，因为谭秋英和霍之远的确是有点太亲密了！

这天约莫晚上七点钟的时候，褚珉秋，谭秋英都在霍之远和林妙婵的家里一同吃饭。他们都在厅上的一双破旧的圆桌围着，霍之远和林妙婵坐在一边，褚珉秋和谭秋英坐在他们的横对面。桌上放着一碗榨菜肉片汤，一盘芥兰牛肉，和三两碟小菜。桌的中间放着一眼洋油灯，照得满室都有点生气。

"霍先生，我和陈白灰一同到非洲去好么？他说你想派他到那边去，他要我和他一道去呢。可是我不知道他是怎样的一个人；所以还没有答应他哩。"褚珉秋脸上燃着一阵笑容。她今晚穿的是一套 G 校的女学生制服，显出他周身特别丰满的曲线来。她的一双美丽而稍为肥胖的手，在说话时一摇一摆，态度依旧是天真浪漫，坦白而率真。

"你自己的意思觉得怎么样呢！陈白灰这人我觉得有点靠不住。他以前是个三 K 党的党徒，现在我们的同志还有很多人在怀疑他，说他是个投机的份子呢。"霍之远正用着筷子夹着一撮芥兰牛肉向口里送。他的态度很是闲暇而自在。

"真的啦，我也觉得他有点靠不住的样子，他的态度很糊涂呵。和这样的人一道跑到这么远的地方去，我心里实在也觉得不高兴，我想将来如果能够和你一道到海外去，我倒是喜欢不过的！"褚珉秋把她的美丽的眼睛盯住霍之远，毫不客气地说。她的态度很自然，很真挚，完全没有一点儿羞涩的意思。

"……"霍之远沉默着，心里感到一阵腻腻的快感。他望着林妙婵和谭秋英，脸上一热，心里倒觉得不好意思起来。

"Miss 谭，你想到海外去吗？我们几个人将来都一道到海外去罢！"霍之远朝着谭秋英说。

"不！我不想去！我的学识很浅，不知道怎样去干着华侨运动呢！"谭秋英态度冷然，她把她的眼睛定定地望着檐角，像在思索什么似的。

"用不着这样客气啦，秋英姊，你的学识比我们高得多呢！"林妙婵笑着，把谭秋英捏了一把。

吃完饭后，洗了手脸，又是谈了一会，褚珉秋便先回去了。谭秋英依旧在霍之远房里坐谈着。

"霍先生，吴争公这次下台，在 K 党上有了什么意义呢？"谭秋英这时把她的外衣脱去，只穿着一件灰色的衬衫，坐在霍之远面前。那天晚上演过那悲惨的一幕之后，她似乎没有什么芥蒂，照常地和霍之远爱好。

她近来时常到霍之远这儿来，晚上便和林妙婵睡在一处，她老是喜欢和他谈论政治问题，每每谈到夜深。

她每星期到霍之远家中睡觉的日子总有三四天；她在清晨将起身的时候最喜欢唱着《国际歌》和《少年先锋歌》，她的声音，又是悲婉，又是激楚。她因为工作太忙，和宣传时太过高声叫喊，有一天在霍之远家里早起更喀地吐出一口紫黑的血来！

以后，她便时不时吐着一两口血出来，可是她依旧不间断地，干着工作，霍之远劝她从事将息的时候，她盯着他只是笑着。

"吴争公下台是 K 党的一大转机，我想。"霍之远用着一种沉思的态度答，他只穿着一件 ABC 的反领衫，天气又是很温暖了。"王菁层 K 党正式主席依照十月中央所召集的联会议决议案是应该复职的；因为有了吴争公做了党的障碍物，使他不能归国。现在吴争公既然是被打倒了，他当然是可以前来复职的。他这一来，K 党当然便有中兴的希望了。不过，这话实在也很难讲；是争公和军事狄克推出的吴计司，听说是把兄弟，一向狼狈为奸的。他这一下台，倒难保没有更厉害的怪剧要演起来呢！近来，听说吴计司有驱逐 K 党的总顾问，和屠杀民众的决心；所以吴争公下台这一幕倒像是悲剧的导火线，那可很糟了！"

霍之远把这段说话说完以后，才发觉林妙婵已经负气走到隔厅的那间房子去了。

"婵妹！婵妹！到这里来吧！我们在这里讨论着政治问题呢！"

霍之远高声的喊着。

"不！我头痛！你们谈你们的去吧！"林妙婵咽着泪答，她把那房子的门都关闭起来了。

"唉！她真是个负气不过的人！霍之远低声向着谭秋英说，把头摇了几下。

"她到底为着什么？"谭秋英低声地问，她的脸上又是涨满着血了。

"她大概误会我们太爱好了的缘故吧！"霍之远在书桌上用墨笔在一张稿子上写着这几个字；他望着坐在他面前衣着朴素像女工一样的谭秋英，回想到那晚的情景，觉得心痛起来。

"那我以后再也不愿意到你们这边来了！"谭秋英也用笔写着这几个字，恨恨地把它掷在霍之远的面前。

"婵妹！到这边来吧！我们一道讨论政治问题吧！"霍之远再朝着隔房的妙婵这样喊着。他一面用他的眼睛安慰着谭秋英。

"不！我在这边做着祭文呢！"林妙婵哭着说。

"你在做着谁的祭文呢！"

"谁要你来管我！"

"告诉我吧！为什么要做祭文？"

"我在做着自己的祭文呢，管你什么事啊？"

"你……为什么要做着自己的祭文呢？"

"我差不多便要死了！"

"怎么会死呢？唉！……！"

"唉……"

呀的一声房门开了，林妙婵喘着气走到屋外去了。

"婵妹！到哪儿去！回来吧！"霍之远着急的叫着，他的身却仍离不开谭秋英。他把在灯光下满面怨恨气色的谭秋英呆呆地只是看着，心中觉得有无限酸楚。

"唉！霍先生！"谭秋英说，她把身体挤上霍之远的身上来。她的脸色完全变白了，她的眼睛里簌簌地滴下几点眼泪来。

"唉！秋英……"霍之远说，他把手握着她的手。

"……霍先生！我要回去了！……"

"不！今晚在这儿睡觉吧！……"

"唉！……"

"唉！……"

"我到外面找婵妹去吧。你在这儿坐着；……唉，对不起得很啊！"霍之远觉得有无限哀楚地立起身来，忙走向屋外去。

林妙婵在屋外的旷地上走着，她的脸色苍白得像死人一样。旷地上的月色皓洁，凝寒；屋瓦，林树上，都像披着白雪一样。霍之远追上她，把她一把搂住。她用力推开他的手，又是向前走开去了。

"妹妹！回去吧！仔细着了寒哩！回去吧！哥哥有什么不对的地方，缓缓地讲，哥哥当然是听从你的说话啊！……唉！回去吧，外面这么冷！"

"……"

"唉！妹妹！回去吧！给人家看见，太不成话了！"

她越走越远，他越追越急。她只是抽咽着，极力抵抗他的拥抱和抚慰。她的伤心是达于极点了，在她的苍白的嘴唇里面时常嘘出来一些肺病似的气味。

"妹妹！"霍之远用着暴力拥抱着她，流着眼泪说："我到底有什么地方对你不住；你可以缓缓地说，别要这样把身体糟塌着啊！"

"我把身体糟塌，与你什么相干？哼！"林妙婵抽着气说。她仍然是极力的在推开他的手，但因为体力敌不过他，只得屈服在他的肘下。

"这话怎讲？唉"霍之远喘着气说，脸色青一阵，白一阵。

他俩这时已经走到一条小河的旁边，那小河的前后两面，都有翁郁的树林遮蔽着。月色异常美丽，大地上像披着一幅素蓁一样。霍之远心里觉得愈加恐怕起来，他把林妙婵抱得更紧，他恐怕她会从他怀里挣脱，走到小河里面去！

"唉！妹妹！回去吧！"

"你是谁？去！魔鬼！"

"哼！我是魔鬼！……"

"我上了你的当了！"

"我何尝骗过你？"

"唉！你既和我没有爱情，又何必和我定婚？"

"谁说我和你没有爱情？唉！"

"你为什么每回碰到谭秋英，便丢开了我？"

"唉！这真难说！我自信对待谭秋英很平常！"

"很平常！差不多爱得发狂了！"

"那里有这么一回事？"

"你每天和我混在一处的时候，总是垂头丧气；和谭秋英在一处时便兴高采烈；这是什么缘故呢？"

"她高兴和我谈论政治问题，故此相见时便多说话一点；我想，并没有其他的缘故呢！"

"唉！回去吧！搅起满天星斗，实在为的是一点小小的误会呀！"

"实在也是因为你是对待她太过多情了；才会惹起我的误会呢！"

"以后我对待她冷淡一些便是，你也别误会了！"

"唉！哥哥！这都是妹妹太爱你的缘故呢？唉！你以后别要和谭秋英那么接近，她对你实在是很有用意呢！"

"呵！呵！我知道了！"

他们回去的时候，已经是九点多钟了。谭秋英已经在一刻钟前回家去了。她留着一条字条在书桌上，这样写着：

"霍先生，妙婵姊；对不住得很啊，我因为家中有事，不能久候了！祝你们好！谭秋英字。"

霍之远看见这条字条，心中觉得像是受了一刀；他把林妙婵紧紧地搂住，呆呆地在榻上斜躺下去。他暗暗地哭起来了。

廿一

在这一个星期内，霍之远把他的学生全部派到海外去了。这个工作，是使他感到多么快慰啊！几天来，C城的局面，又是严重起来了。

这天霍之远正在×部后方办事处办公的时候，忽然有两个爪哇的革命家到来找他。这两个革命家的名字，一个叫 Aham，一个叫 Asan。Aham 躯体高大，面部像一个有钱的商人一样。他的肤色比中国人黑了一些，穿着很漂亮的西装，看去不失是一个 Good And Fine Gontieman。Asan 躯体短小精悍，双眼英锐有光，额短，鼻微仰，颧骨高，肤色很黑。他的态度很诚恳，举动很活泼。服装也和他的同伴一样漂亮。

他们都是三十岁左右的中年人，都是×党的党员，在爪哇境内被当地政府驱逐了好几次。这一次他们是刚从莫斯科回来的。他们和霍之远说话时，都是操着很流利的英语。

他们以前和霍之远已经晤面几次，霍之远尝请他们做一些关于报告爪哇革命的文章在×部后方办事处的一种刊物叫做《×部周刊》上发表。

他们和霍之远在×部后方办事处的应接室里面极热烈地握了一回手之后，便坐下去攀谈。他们说，他们因为不能在爪哇革命，所以到中国来革命。他们因为在爪哇不能居住下去，所以到中国来找个栖身之所。他们喜欢站在中国的被压迫阶级上面去做打倒帝国主义的运动，正和他们喜欢站在爪哇的被压迫阶级上面去做打倒帝国主义的运动一样。

霍之远把中国的革命环境，和C省的政治状况告诉他们，劝他们要留心些。"The Political condition is very dangerous！"霍之远说，他把手在揪着他的头发；因为他的脑，因工作过度有点发昏。"The air is too oppressive！Wherever you go and whenever you speak，you must take care. so many spies are aroud us everywhere！"

"Thank you！"Aham 说，他用着他的肥手擦着他的眼。"We are very earnest to recieve your warning！"

"Mr. Kerk，please introduce us to Mr Moor—tje · we have some thing to report to thim！"Asan 说，他的短短的口唇翕动着，他的英锐而有热力的目光望着霍之远，表示着一种恳切的态度。

他们离开这办公室，一道找 Mr Moortie 去了。天气温暖得很，许多在街上推着货车的工人都裸着上体在走动着。天上浮着一朵一朵污湿的云，那些云像烂布一样，很易惹起人们的不快之感。日光很像从不透明的气管里透出来，闷热而不明亮。

他们经过一个群众大会的会场，会场上有许多军警在弹压着。主席团都是一些反动派的领袖；他们在台上大声宣传着反动的理论；

工人和学生群众都在台下大声叱骂，大呼打倒反动派！……会场上充满一种不调和的，阴森悲惨的景象！

"大屠杀的时期即刻便要到了！"霍之远心里不禁起了这个不吉的预兆。

到了×党的秘密机关内面了。火炉里不断地在烧毁着各种重要的宣传品，和重要的文件。工委，农委，妇委，学委，侨委，各部的办事处的门都紧闭着。在各个会议厅的台上积满灰尘，许多折了足的坐凳，东倒西歪的，丢在楼板上。这里面的景象，满着一种凄凉的，荒废的情调。好像一座古屋，屋里面的人们都在几年前死去了，这几年中，没有人迹到这屋里来过的样子。

Mr. Moortie 一个人孤零零地坐在这全无生气的环境里面，他的神情好像一座石膏像一样。他每天都有三几个钟头坐在这儿，因为每天都有许多同志们到这儿来找他。他是个冷静的，但是坏脾气的人；他的脸色苍白，眼上挂着近视眼镜。他的身躯不高不矮，包在破旧的黑色学生制服里面。他的年纪大约三十岁，看去却像是很苍老的样子。

他说话时的态度好像铁匠在铁砧上打铁一样，他说话都像铁一样的坚硬而有实在性。他是党里面的一个重要人物。

霍之远把 Ahlam 和 Asan 介绍给他，他用一种木然的，但是诚恳的神气接待着他们。

他一面对着霍之远说：

"事情糟极了！我们已经接到了许多方面的报告，这两天内，他们一定发动起来了！从明天起，这个地方我一定是不能再来了。以后你如要找我时，可到济难会去！"

过了一会，霍之远别了他们，回到×部后方办事处去。已是下

午三四点钟的时候了，K 党部里面的柳丝在微风里掠动，草地上阴
沉沉地翳着云影。大礼堂的圆顶，在死一般静寂的苍穹下呆立着，
好像个秃头的和尚。

霍之远回到办事处里面，呆呆地坐了一忽，脑里充满着各种可
怖的想像。他把案上的文件机械地签了名，盖着印之后；便把放在
他面前的一个锁着的箱用钥匙开了，把里面的一张侨委的名单，一
张秘密电码，和其他的许多重要的文件都拿出来，放在他的办公袋
里。他的态度从外面看去好象很镇定似的。

五点多钟的时候，他和林妙婵一道从办事处里面回到他的住所
去。他即时把那些文件名单和秘码都放进炉火里面去了。在炉火之
旁，他守着那些灰尘，呆呆地只是出神。

他只是觉得坐卧不安，心里好像有一条蛇在钻着一样。室里面
似乎在摇动起来，冷冷的四壁好像狱墙一般的把他监禁着。

吃过晚饭后，夜色带着恐怖的势力把大地罩住。像侦探的眼睛
一般的星光。撒满天宇。树荫下，庭屋畔，卧着许多黑影；那些黑
影里面好像许多兵士在埋伏着一样。

霍之远把室里面的书籍检过一番。把一些 × 党的重要的刊物，
和一些讨论革命问题的刊物都烧掉了；在火光里他看见一个流着血，
披着发，背着枪跑到阵地的前线去的革命军。

"没有军事的力量，便没有革命的力量！工农阶级如果不从速武
装起来，便永远没有夺取政权的机会！我们的党，在这一点上一向
的确是太疏忽了！革命军！如果希望中国的革命早一点成功，非有
十万革命军出现不可！非把全体的工农武装起来不可！"他对着火光
里的革命军这样想着。

林妙婵靠着他的身边，脸色因恐怖而变成苍白。但从她的紧闭

着的嘴唇，和圆睁的眼睛所表现的情绪考察起来，可以断定她一定是很愤激的。

她穿着一套黑水色的衣裤，在火光中照见她的衣裙的折皱。她的头发有点散乱，这种散乱很显示出她的少妇式的美来。她的祖露在袖外的一双手腕，因为太美丽了，在这贫陋的小室中倒显得可怜。

"妹妹！你心里觉得怎样呢?"霍之远把一部第×国际的宣言及决议案，一页页撕开，丢入火炉里去。

"我心中觉得愤恨得很呢！那班无耻的反动派真是可恨啊!"林妙婵说，她一面在撕着一部《少年前锋》。她的眼光歇落在那部《少年前锋》的封面画上，她的脸上的表情现出勇敢的样子。

"这一次反动势力的大团结，是中国的统治阶级——半封建势力和资产阶级的力量——向它的被统治阶级——向革命运动最后的总攻击！在革命的过程上，这是不能够避免的。所以，假如依照科学和理性方面来说，实在也值不得愤恨的。"霍之远态度很冷静的说，他的眼睛依旧在注视着火光。

"唔唔！我们快一点离开这儿好呢，还是逗留在这儿好呢?"

"我想，我现在不应该离开这儿。我如果放弃这儿的职务，单独先行逃走，便会变成个人行动了。在我们的党的立场上，个人行动是不对的。"

"逗留在这儿，恐怕会发生危险呢！"

"在可能的范围内当然应该把危险设法避去。但到不得已时，便把个人牺牲了，也是不要紧啊！"

他们把各种刊物和文件烧完以后，便去烧着他们相片。最后，他们把那张定情的相片，也毫不踌躇地放在火舌上。这些火舌在舐着那相片上面题着的几行字：为革命而恋爱，不以恋爱牺牲革命！……

夜深了，他们就寝了；门外的犬声，和风声，比寻常特别尖锐，特别带着恫吓的气势，把他们的心扉打动得很厉害。……

廿二

大屠杀的惨剧开演着了！C城，曾经被称为赤都的C城，整个的笼罩着在白色恐怖势力之下。工人团体被解散了，纠察队被缴枪了，近郊的农军被打散了；被捕去的工农学生共计数千人，有许多已经被枪决了。——这只是一夜间所发生的事！

霍之远在这夜里只听到几声枪声，其余的一概还不知道。天色黎明的时候，他的同事陈白灰，李田蔼都走来向他这样报告。

这日清晨的阳光醉软，春烟载道。几盆在这古屋前的海棠花正在伸腰作梦，学着美人的睡态。屋外的老婆子踱来踱去在拾着路上的坠树枝，态度纡徐而悠缓，有点像中古的人民一样。这是一种美的，和平的景象；但霍之远把这些景象看了一眼之后，心中却是觉得焦逼起来。

"大屠杀终于来了！"他恍惚听到这个冷冷的喊声。他的瘦棱棱的脸上现出一点又是愤激又是不安定的表情。他把屋外的后门闩上了，像幽灵一样地在屋里踱来踱去。

林妙婵吓得脸色有点苍白，她觉到有点恐怖了。但，她即刻想到《少年前锋》上面那幅封面，画，——一个怒马向前奔去，手持大旗，腰背着枪的少年战士的封面画——她的胆气即时恢复了。她心里觉得要是手里有了一把枪去把那些反动的领袖全数枪毙了，是多么痛快的事啊！她看见霍之远的表情似乎很苦闷，便走上前去安慰着他说："亲爱的哥哥！不要这样烦闷起来啊！干革命的人是不怕失败的啊！"

霍之远把她拦腰一抱，脸上溢着笑容说："好！妹妹！你现在这种勇敢的态度很令我佩服啊！但，请你不要耽心，我心里并不觉得有什么烦闷呢！"

他们说话的声音都是说得很低，因为恐怕有人在外面偷听。室里面冷静得可怜，蚊帐已是收起，被包已经打好，一个藤箧亦已收拾停当了；完全显出预备出走的情调。

"妹妹！在这次战争中，我们都变成落伍的了！事实这样告诉我们，海外工作人员对于国内的大斗争真是相隔太遥远了，策应也策应不来呢！……"霍之远带有鼻音说，他的态度很是悲壮沉郁。他昂着头在望着那黝黑积压的楼板。

"这两年来，我们的党对于军事上自动退让，丝毫占不到一点力量；这是一件绝对错误的事情啊！……现在我们可是来不及了！"霍之远眼睛里燃烧着火焰，像欲寻着人家发脾气一样。

吃过早饭后，褚珉秋前来找他们；她的态度依然，和平时一样天真活泼。

"谭秋英听说已给他们拿去了！"当她看见霍之远和林妙婵第一面时便这样说。

天上的云朵很快的飞着，在这室门口的短墙外，一些竹叶被微风吹动着的擦擦的声音，正像一个女人的抽咽的声音一样。短墙上有了几眼窗眼，从窗眼间闪进来的竹叶的幽绿色，好似坟草一样青青。

"唉！这真糟！她这一被捕去，准死无疑了！"霍之远的手不自觉的在案上拍了一下。他眼睛里萦着两包酸泪，泪光里映着谭秋英的样子。他胸头像火一般的燃烧着，几乎发狂了。

褚珉秋脸上依旧堆着笑，可是亦带着一点伤心的戚容。林妙婵嘴唇翕动着，眼里包了两颗热泪。

"现在你们有什么办法呢？"霍之远把眼合上，思索了一会，便提出这个问题来。

"我们的党的机关部给他们检查过啦，济难会听说也给他们检查过，Mr. Moortie 听说也给他们打死哩！我们现在暂时没有党来指导我们了！我们为避去危险起见，我想一二天间还是设法逃走到 H 港去好呵！"褚珉秋把她的衣裙掠了一掠，稚气地笑起来。

"婵妹！你的意思怎么样呢？"霍之远把手抚着她的头发。

"珉秋妹的意思，我很赞成呢！"林妙婵把她的手交扭着放在胸前，作出一种沉思的样子。

"Miss 褚！刚才我的同事到这里来报告我们说在黄埔军校当训育主任的萧初弥在医院里养病给他们拿去了，当场用枪头打死！学生运动的林五铁在 S 大学里面给他们拿去，被他们用木枷枷死了！工人运动的领袖，中华全国总工会的执委也给他们拿去了。他给孙复邻的军队拿去。那些军队问他说，你是不是×党的党员？他说，全城的人民都是×党的党员！他们在他的左脚打了一枪！再问他说，你是不是反动派？他说一切的新旧军阀才是反动派！他们又在他的右脚上打了一枪！……Mr Moortie 听说也给他们拿去枪决了，我们的党的宣传部长卓恁远也给他们拿去枪决了；还有那两个爪哇革命家也给他们拿去枪决了！唉！我们这一次的牺牲性是多么利厉呵！唉！武装暴动！切实夺取政权！我想我们以后的运动一定要粗暴和不客气一点才好呢！"霍之远脸上的表情十分横暴，一个披发浴血向前直走的革命军的幻影又在他脑上一闪。

"我们要怎样逃走呢？搭火车到 H 港上，还是搭轮船呢？轮船里面的检查听说比较没有那么厉害！我想我们还是设法搭轮船去吧！……"林妙婵说，她的眼睛定定地望着窗外的晴空。

霍之远和褚珉秋都表示赞成她的主张。

在这样的谈话中间，他们消磨了好久的时刻。霍之远的心，一分钟，一分钟的沉重起来了。他的眼睛呆呆地在望着脏湿的，发了霉气的地面。从邻家传过来的尖锐的女人的声音，一种嘈杂而不和谐的声音，使他觉得异样的烦乱。他想逃到海外去，又想跑到 H 地去，又想暂时逗留在 C 城。他的脑紊乱得很，他觉得这一回变动的确令他难以措置了。

正在这时候，门外来了一阵猛厉的打门声，霍之远心里便是一跳，脸色顿时吓得苍白。褚珉秋和林妙婵的表情，也都异常仓惶。

他硬着胆儿走去把门开了，章杭生急得如丧家之狗般的走进来。他们把门闩上之后，章杭生便大声的叫喊着：

"哎哟啊！老章这回这条命可就不要了！我想掷炸弹去！哎哟啊！真正岂有此理！……"

他闪着像病猫般的近视眼，摇摇摆摆，摩拳，擦掌。进到室里面了，他对着褚珉秋和林妙婵点头后，便在榻上躺下去。

"老霍！"他叫着。"我们到近郊的农村指挥农军去！不瞒你说，我老章在南洋一带抛掷下的炸弹堆起来这房子里怕都塞满呢！哎哟啊！他们这班狗屁不通的混蛋，真是可恨得很啊！"

跟着，他便跳起身来，和褚珉秋，林妙婵握手。他把他的阔大而粗糙的大手掌霸道的，抢着她们的小手握着，不搭理她们愿意不愿意。

"哎哟啊！Miss 褚，你也到这里来么？哎哟啊！"他依然用着嘶破的口音叫着。

"老章！你发狂吗？"霍之远镇定的说，他对着这个无政府主义者有点觉得不高兴了。

"哎哟呵！老霍！你不知道我心里苦得怎么样呵！……"章杭生答。他忽然又是一阵狂热起来，在屋里面跳着，用着嘶破的，粗壮的声音唱起《国际歌》来。

他一面唱着，一面跳着。有点不知人间何世的样子。

"呵！老章！你真糟糕！不要高声叫喊，这时候，侦探四出，说不定此刻有人在外面偷听我们的说话呢！"霍之远叱着他，脸上带着怒容。

远远地又是飘来一阵枪声，和一阵喊叫的声音。他们都屏息静听，再也不敢说话了。一个苍蝇在室里飞来飞去，发出嘤嘤的鸣声。几部放在书桌上面的书籍，散乱得可怜。粉壁上映着一层冷冷的阳光，这阳光是从檐际射进来的，全室里的景象凄冷而无聊赖。

门外忽然来了一阵猛厉的打门声，那打门声分明是枪头撞门的声音。

"来了！"这两个字像一柄利刃地插入他们的灵府上。霍之远脸上冷笑着道："Miss 褚！婵妹！老章！我们都完了！"

"哎哟呵？他妈的！"章杭生跳起来大声叫着。

褚珉秋仍然孩子气笑着。她走到霍之远身边，把头枕在他的肩上，热烈地咬了他一口。

林妙婵却把桌上的几部书籍都丢下地去；失声喊道：

"哥哥！我们……唉！"

跟着，大门砰然打开了，十几个荷枪实弹的兵士一拥而进。

"你们这些混蛋，来这里做什么？哎哟呵！老章这条命也不要了！你们看吧，老爷的本事！"章杭生迎着那些兵士说，他手里拿着一双木凳向他们乱打。

"老章！Don't be too foolish！跟他们去吧！这样瞎闹有什么用处呢？"霍之远冷笑说，他走上前去和那些兵士们握手。

褚珉秋和林妙婵都在笑着。她们手携着手在唱着革命歌！

过了几分钟，他们都被绑了。一条粗而长的绳子把他们反背缚着，成了一条直线地，把他们拖向 C 城去。

"我们都完了！可是真正的普罗列塔利亚革命却正从此开始呢！"霍之远又是冷笑着说。他的瘦长的影，照在发着沙沙的声音的地面上。

1928，3，3，于上海。